# BOSS DIABOLICO

## FRATELLI BRATVA – VOLUME SECONDO

### WILLOW FOX

SLOWBURN
PUBLISHING

Boss Diabolico

Fratelli Bratva – Volume Secondo

Willow Fox

Pubblicato da Slow Burn Publishing

© 2022

V2

Tradotto da davide_angelino

Corretto da lucia_iuliano

Cover Design by MiblArt

# UNO

*Luka*

La brunetta seduta dall'altra parte del bar fissa il telefono e scorre le notizie sullo schermo del suo smartphone con vivo interesse. Lo sgabello ruota mentre lei si muove avanti e indietro, incapace di rimanere ferma.

La ragazza, praticamente, risplende. È radiosa e sexy nel suo abito rosso scuro senza spalline.

Vorrei strapparglielo di dosso.

È qui per un appuntamento o per incontrare degli amici? Una ragazza come *questa* non gira da sola. Non se è intelligente e vuole andare sul sicuro.

Non sono qui per rimorchiare stasera, anche se la brunetta ha catturato la mia attenzione. Non riesco a distogliere lo sguardo da lei.

Sono qui con Mikhail per bere qualcosa, per rilassarmi finché la notte è giovane. Il bar si riempie mentre una folla di persone si riversa al suo interno.

La osservo da lontano. Non riesco a distogliere lo sguardo, ma lei non ha mai alzato la testa o lanciato un'occhiata nella mia direzione.

Non smette di guardare quel maledetto telefono neanche per un secondo.

Che cos'hanno i ragazzini di questi tempi? Ok, tecnicamente non è una ragazzina. Le hanno controllato i documenti all'entrata del locale prima di consentirle l'ingresso, il che la rende almeno ventunenne, ma è comunque molto giovane. Potrebbe avere sui venticinque anni, ma non sono mai stato bravo a capire l'età delle persone. So che non è possibile che abbia la mia età: non può essere vicina ai trent'anni, e a me mancano pochi anni per arrivare ai quaranta.

*Quand'è che sono diventato così fottutamente vecchio?*

A sistemarmi non ci penso neanche. Non sono il tipo d'uomo che vuole avere una famiglia. Le loro vite sarebbero costantemente in pericolo. E non sono il tipo che si innamora e si lega a una donna.

Mi godo la mia giovinezza, o almeno quel che ne rimane, rimbalzando per i letti di donne sconosciute e mostrando loro cosa significhi essere scopate con forza.

«Da bere?» chiede Mikhail.

«Ci penso io» rispondo. So cosa gli piace e mi dirigo al bar. C'è a malapena spazio per stare in piedi e il barista sparisce sul retro. Proprio ora si doveva prendere una pausa sigaretta?

Sospiro rumorosamente. Di questo passo ci metterò tutta la notte a ordinare un whisky.

Non chiedo il permesso. Passo dietro al bancone come se fossi il padrone del locale. Prendo due bicchieri e il whisky più pregiato che trovo sullo scaffale più in alto.

«Vorrei un Fuzzy Navel» dice la brunetta. Il suo tono è un po' brusco e finalmente alza lo sguardo dal telefono. La ragazza ha gli occhi dell'azzurro più chiaro che abbia mai visto.

Finisco di versare il drink a Mikhail e la guardo. «Sei stata al telefono tutta la sera» osservo.

Lei stringe le labbra. «Mi hai tenuta d'occhio?» si sporge verso di me, anche se il mio sguardo la mette evidentemente a disagio, come se la stessi giudicando.

Prendo un bicchiere vuoto e il necessario per preparare il drink che ha richiesto.

Non ha senso mentire. Le ho già confessato di aver notato che era occupata e sola. «È difficile non notare la donna più bella del bar» faccio scivolare il suo drink sul bancone. «Offro io».

Riporto al tavolo i drink che ho preparato per Mikhail e per me.

«Ci hai messo un bel po'» borbotta Mikhail.

«Scusa, sono stato distratto da quella brunetta sexy che beveva da sola.»

Mikhail non cerca nemmeno di essere discreto mentre scruta la ragazza in abito scarlatto. «È un bel bocconcino. Giovane. Ma del resto sei sempre andato dietro alle ragazze con la metà dei tuoi anni.»

«E tu no?»

Mikhail non è un santo.

«Non stiamo parlando di me.» Beve un sorso di whisky. «Vuoi portartela a letto.» Non è una domanda. Conosce già la risposta. Ma quello che voglio io non conta. Sono qui per tenerlo d'occhio, per assicurarmi che si diverta e che torni a casa sano e salvo.

Non mi preoccupa che torni a casa ubriaco. Lui fa parte della Bratva ed è il Pakhan, il boss dell'organizzazione. Il mio capo e mentore. Mi preoccupano la mafia italiana e il cartello colombiano. I nostri due principali nemici potrebbero avvicinarsi a noi in qualunque momento.

Devo stare all'erta e proteggere Mikhail. Sono la sua guardia del corpo e quando non sono con lui, ci pensa Nikita a tenerlo sotto controllo.

«Vai a parlarle. Io me la caverò. Il posto è affollato ma tranquillo.»

Intende dire che non ci sono nemici nel locale. Gliene sono grato. «Se insisti...» Non aspetto che Mikhail cambi idea. Gli lancio le chiavi della macchina. Gli serviranno per tornare a casa stasera.

Posso chiamarmi un taxi o simili per tornare al complesso. Ho il cellulare nella tasca della giacca e il portafogli nei pantaloni. Indosso troppi strati per sedermi al bar, così mi tolgo il cappotto e me lo metto sottobraccio.

Rimango al tavolo con Mikhail per qualche altro secondo, il tempo di scolarmi il whisky, poi mi alzo e mi dirigo verso il bar.

Il barista ancora non si vede. Se n'è andato?

Occhi azzurri alza lo sguardo dal telefono mentre mi dirigo verso il bar. «Ne vorrei un altro» chiede, dando per scontato che mi ricordi cos'abbia ordinato.

Se fossi un vero barista, dubito che sarei in grado di tenere a mente il drink di ogni singolo cliente. Ma stasera devo ricordarmi solo del suo. E lei è indimenticabile.

«Un Fuzzy Navel» ripeto e scivolo dietro il bancone. Le preparo il drink e glielo porgo prima di passare dall'altra parte, vicino a lei. «Dov'è il tuo ragazzo?» chiedo.

Lei si porta il bicchiere alle labbra e mi guarda. «Intendi l'amico che mi ha dato buca?». Fa un gesto verso la coppia a pochi metri da noi che sta pomiciando contro il muro.

«Dovrebbero trovarsi una stanza» affermo ironico.

Lei beve il suo drink e si alza in piedi. «Farei meglio a tornare a casa e chiudere la serata, mi sa.»

«La notte è ancora giovane. È venerdì, che hai da fare a casa?»

Immagino che si metterà a letto e si addormenterà.

«Un bagno caldo con un sacco di schiuma, se me ne vado ora.» Guarda l'orologio. Evita il mio sguardo pieno di desiderio e, più la guardo, più le sue guance bruciano.

È difficile sentirsi l'un l'altro a causa del frastuono della folla attorno a noi. Mi avvicino e le mie labbra sfiorano il suo orecchio. «Ed è questo ciò che vorresti fare stasera?» le chiedo, assicurandomi che mi senta.

Giuro di averla sentita rabbrividire.

Fa un respiro profondo e i suoi occhi penetranti si agganciano ai miei. «No» squittisce.

Si schiarisce la gola e si lecca le labbra secche. Dalle sue labbra fuoriesce un lieve soffio d'aria. «Non devi lavorare?»

Lancio uno sguardo verso il bar e le faccio un sorriso a trentadue denti. «Credo che possano cavarsela anche senza di me.»

Si sposta contro lo sgabello e potrei giurare che si stia strofinando l'interno cosce e dondolando leggermente per far pressione nel punto giusto.

Intreccio le dita nei suoi capelli, le sfioro i riccioli dietro il collo. Il mio tocco è morbido e rilassante. «Quindi, preferiresti essere in una vasca piena di schiuma in questo momento piuttosto che qui, a goderti la musica e l'atmosfera?» sussurro.

«Non è poi così male» confessa.

Un sorriso si allarga sul mio viso. «Ottimo. Vuoi giocare a biliardo? Posso insegnarti come funziona, se non ci hai mai giocato.»

«Va bene.»

«Sono Luka» mi presento.

«Hannah.»

Le prendo la mano e la guido giù dallo sgabello. È passato un po' di tempo dall'ultima volta che ho giocato, ma riuscirò a impressionarla anche se sono un po' arrugginito.

Prendo il rack e preparo il tavolo. «Hai mai giocato a biliardo?» le chiedo.

«Una o due volte.»

Prendo le palline e le metto nel rack per dare inizio al gioco. «Vuoi rompere tu?» chiedo.

«È così che si inizia?» chiede curiosa.

Ho la sensazione che mi stia prendendo in giro. «Sì.» Potremmo fare una scommessa, potrei proporle di portarla fuori se vincesse, ma non esco con nessuna. Non è quello che sono.

«Ok» dice Hannah.

Raccolgo le stecche e gliene porgo una. Prendo il gesso e le mostro come applicarlo sulla punta della stecca da biliardo, poi glielo passo in modo che possa usarlo.

«Non colpire la palla con l'otto fino alla fine. E devi chiamare il pocket.»

«Ci sono un sacco di regole da ricordare.» Appoggia il bicchiere vuoto su un tavolo vicino.

«Vuoi un altro drink?» chiedo.

«Stai cercando di farmi ubriacare per vedermi perdere?»

Ridacchio sottovoce. «Non ho mai detto di essere un gentiluomo.»

Si morde il labbro inferiore e punta, poi mi lancia un'occhiata da sopra la spalla. «Se vinco io, offri tu il prossimo giro di drink.»

Posso accettare una scommessa del genere. «Ci sto.»

La ragazza è tosta ed è uno squalo al biliardo. Non riesco a fare neanche un tiro. Lei butta dentro una palla dopo l'altra, guadagna un secondo, un terzo e un quarto turno prima di chiamare il pocket per la palla otto.

Non mi piace perdere, soprattutto con una ragazza. «È difficile credere che tu ci abbia giocato solo una o due volte.»

«Una o due volte... alla settimana» confessa Hannah, aggiungendo questa importante chicca che prima ha furbescamente tralasciato.

«Cosa vuoi da bere?» chiedo. Non ho intenzione di andarci piano con lei al prossimo giro. È brava, ma io non perdo mai.

«Lo stesso di prima.»

L'idea di lasciarla sola anche solo per un minuto non mi piace. Potrebbe piombarle addosso un altro uomo e catturare la sua attenzione. Mi precipito al bar e le ordino un altro Fuzzy Navel. Lei è dall'altra parte della sala ed è difficile vederla con la folla di stasera.

Torno il più velocemente possibile, ma c'è già qualche idiota che le gira attorno nel tentativo di conquistare il suo affetto. Non hai neanche una possibilità, amico.

«Sei sexy» le sussurra lo sconosciuto biondo e basso, mangiandosi Hannah con gli occhi.

Il mio respiro le accarezza l'orecchio, mentre mi avvicino per assicurarmi che mi senta. Parlo ad alta voce in modo che anche l'idiota che sta cercando di attirare la sua attenzione ascolti le mie parole. «Ehi, piccola. Ecco il tuo drink.» Glielo porgo.

Appoggio la mano sulla sua schiena in modo possessivo. Non è ancora mia, ma entro stasera le cose cambieranno.

«Grazie» tira un sospiro di sollievo e sorseggia il suo drink.

Quando il ragazzo a non più di un metro di distanza da noi sembra non capire l'antifona, mi afferra per la cravatta e mi attira verso le sue labbra.

La sua audacia mi sorprende ma è rinvigorente, anche se mi sta baciando solo per liberarsi del povero idiota che stava cercando di flirtare con lei.

È la ragazza più sexy dell'intero locale. Sono fortunato che non mi abbia detto di andarmene. È decisamente fuori dalla mia portata.

Le sue labbra sono sulle mie e io la stringo di più, più forte, più vicina. Voglio divorarla.

Le mie dita la spingono contro di me. Sa di fragole e io muoio di fame.

La musica rimbomba sopra le nostre teste e il ritmo veloce e incalzante mi rende difficile concentrarmi, mentre il cuore mi batte a mille sentendo la sua bocca sulla mia. Voglio scoparla, ma non qui. È troppo bella per il bagno o per una scopata veloce in un vicolo.

La ragazza è raffinata. È la fottuta regina.

I nostri baci sono febbrili e pieni di passione. A ogni respiro la mia testa si svuota, ed è così leggera che potrebbe galleggiare sulle nuvole. È come se lei fosse una droga e io un drogato.

Alla fine Hannah si tira indietro e si passa una mano tra i capelli spettinati, respirando affannosamente. «Grazie.»

«Per il drink o per averti aiutato ad allontanare quell'idiota?»

Le guance le bruciano e lei sorride timidamente, poi abbassa lo sguardo. È imbarazzata per il bacio? Quale uomo sano di mente e passionale non vorrebbe baciarla?

«Non c'è di che» mi affretto ad aggiungere, non c'è alcun bisogno di ulteriori spiegazioni. «Che ne dici di un'altra partita a biliardo?»

«Fammi indovinare, vuoi iniziare tu?»

«Mi sembra il minimo, visto che non ho giocato» osservo.

Porta il bicchiere alle labbra e beve un sorso del suo drink. «Certo, puoi iniziare tu e provare a battermi.»

Sfida accettata.

Hannah solleva il telefono e apre l'applicazione della fotocamera. «Vieni qui» beve un altro sorso del suo drink prima di appoggiarlo sul bordo del tavolo da biliardo.

Scuoto la testa e le faccio segno di no con il dito. «Non se ne parla.» Ho le mie ragioni per odiare le fotocamere, ma non è necessario che lei sappia perché.

«Come sarebbe a dire "no"? Cos'hai, tre anni?» Hannah ride e mi afferra il braccio. «Sorridi.»

Solleva il telefono e mi cinge le spalle con un braccio, avvicinandosi a me per fare la foto.

Mi costringo a sorridere. Mi sto divertendo con lei, ma non so chi potrebbe vedere la foto e sto facendo il possibile per non dare nell'occhio.

Hannah guarda la foto e storce il naso, non è convinta del risultato. «Un'altra» ordina, e questa volta le faccio un sorriso sincero, anche solo per farla smettere con le foto. Non avrei mai pensato che fosse il tipo di ragazza che ama fotografare ogni momento della sua vita.

Scatta due foto, poi io appoggio le mie labbra sulle sue e lei ne scatta un'altra. Il mondo scompare momentaneamente intorno a noi mentre la tiro contro di me. Il suo corpo è caldo e lei si abbandona tra le mie braccia.

«Vuoi andartene da qui?» chiedo, interrompendo il bacio per poter parlare.

Hannah annuisce e io le prendo la mano per condurla fuori dall'ingresso principale. Tira fuori le chiavi e le mani le tremano. «Non l'ho mai fatto prima.»

L'espressione del mio viso deve rivelarle la mia sorpresa. *È vergine?*

«Intendo dire che non sono mai andata a casa con uno sconosciuto.»

Cammino con lei fuori, nel freddo. La primavera è alle porte, ma non fa per niente caldo.

«Non siamo proprio estranei. Sai il mio nome.»

Ha ragione, però, non sappiamo nient'altro l'uno dell'altra. So che è brava a giocare a biliardo e che se mai dovessimo giocare in squadra, la vorrei nella mia.

Hannah è agitata e io sono la causa del suo nervosismo.

«Non dobbiamo farlo per forza.» Appoggio le mie mani sulle sue. «Possiamo semplicemente chiudere la serata e ricordarci dei momenti che abbiamo passato insieme.»

Lei mugola sottovoce: «Voglio farlo. Sono solo stupidamente nervosa».

«Stupidamente nervosa?» chiedo, allargando le labbra in un sorriso. «Questa mi è nuova.» Non ho mai sentito nessuno usare questa terminologia. D'altra parte i membri della Bratva non ammetterebbero mai di essere nervosi, e loro sono le uniche persone che frequento.

Hannah è una bella svolta, anche se solo per una notte.

C'è una sorta di aura di innocenza che la circonda. Una dolce perfezione che, una volta infranta, non potrà mai più essere recuperata.

Quando avremo finito, non sarà più la stessa. La rovinerò nel miglior modo possibile.

# DUE

*Hannah*

*Tre anni dopo...*

«Organizzare un matrimonio è estremamente stancante. Sei fortunata a non essere sposata!» esclamo. Mi tolgo il camice. È venerdì e dovrei essere felice del fatto che sia arrivato il fine settimana, ma domani dovrò lavorare, quindi.

La giornata lavorativa sarà anche finita, ma a casa mi aspettano Mark e la mia bambina, Bay, e non sono pronta ad affrontare nessuno dei due.

Madisyn mi lancia un'occhiata. «Organizzare il proprio matrimonio dovrebbe essere divertente.»

«Beh, non lo è. Mark non vuole essere coinvolto. Lascia decidere tutto a me, il che è positivo perché così non litighiamo, ma è ugualmente stressante. Non mi dispiacerebbe sentire un'opinione diversa dalla mia in relazione al matrimonio.»

«Se vuoi posso aiutarti io, non ho mai organizzato un matrimonio, ovviamente, ma posso controllare i tuoi fornitori per il grande giorno» suggerisce Madisyn.

Ridacchio sottovoce: «Cosa vuoi fare, controllare i loro precedenti? Mi sembra un po' esagerato, Madisyn, persino per te».

«Intendevo dire che posso contattare i loro clienti e chiedere loro di raccontarmi come si siano trovati con questi fornitori e i loro servizi. Oppure potrei venire con te» propone. «Prometto di darti consigli solamente se ne avrai bisogno.»

«Hai così tanta voglia di allontanarti dal ragazzo da cui ti sei appena trasferita? Com'è che si chiama, poi?» chiedo.

«Mikhail» arrossisce mentre pronuncia il suo nome. «E no, mi sto offrendo di aiutarti perché voglio davvero starti vicina. Sei stata una buona amica per me e voglio ricambiare il favore.»

«Che dolce. Ma se vuoi davvero ricambiarmi il favore, perché non inizi col dirmi dove sei finita negli ultimi due mesi? Sei sparita.» Sono curiosa di sapere perché Madisyn, di punto in bianco, sia sparita dal lavoro. Non sembra malata né in lutto. Si stava occupando di un cliente privato su richiesta del centro medico? Nessuno al lavoro sa niente e la sua sparizione rimane un mistero. Ma per quanto ne so, non è stata licenziata né rimproverata. Non posso fare a meno di chiedermi in cosa si sia cacciata.

«Non mi crederesti se te lo dicessi» risponde Madisyn.

«Mettimi alla prova» incrocio le braccia sul petto. Siamo amiche, non merito la verità?

«Lavoravo per l'FBI. Questo lavoro era la mia copertura.»

Non può essere seria.

Madisyn non tradisce alcuna emozione, ma questa è la scusa più assurda che abbia mai sentito. Non ha nemmeno senso.

«Va bene, sei libera di non dirmi nulla.» Mi infilo gli stivali neri invernali e li allaccio bene. Rimango arrabbiata con lei per circa trenta secondi e non di più. Alla fine sono affari suoi. Se non vuole rendermi partecipe, devo rispettare la sua privacy.

«Dobbiamo andare a bere qualcosa dopo il lavoro. Muoio dalla voglia di andare a ballare e di passare una serata intera senza impegni e preoccupazioni. Della casa e di tutto il resto si occuperà Mark. Quindi, devi uscire per forza» le impongo.

Voglio uscire e rilassarmi un po' e Madisyn è la persona perfetta con cui trascorrere una serata tra ragazze. Ce la vedo bene a conquistare il mondo al mio fianco. Inoltre, Bay si sveglia ogni notte a causa degli incubi e io ho bisogno di prendermi qualche ora per me, per rilassarmi con la mia nuova amica.

Si toglie il camice rapidamente e mi fa una dozzina di domande, tipo se permetto a Mark di badare a mia figlia Bay.

Certo, chi altro potrebbe tenerla d'occhio? Sta per diventare mio marito e suo padre. E anche se non ama cambiare i pannolini, è un adulto responsabile. Inoltre, non possiamo portare Bay in un bar o in una discoteca.

Prendo il telefono dall'armadietto. Non posso fare a meno di guardare le foto della mia bambina e di vantarmi di lei, di quanto sia cresciuta e di quanto sia adorabile. Sono estremamente orgogliosa di averla cresciuta con le mie sole forze.

Madisyn si infila le scarpe, afferra il mio telefono e sfoglia le foto.

«È meglio che non ci siano foto di nudo qui» mi avverte.

Foto di nudo? Mark non si toglierebbe neanche la maglietta davanti a una fotocamera, figuriamoci mettersi a nudo. Ha un bel corpo, ma ha un sacco di problemi e blocchi.

«Non preoccuparti, Mark è un po' puritano quando si tratta di queste cose.» Ho provato a proporgli di fare qualche foto sconcia e a convincerlo a usare qualche giocattolo in camera da letto, ma finora si è sempre opposto a tutto ciò che ho suggerito. Prende sempre lo stesso gusto di gelato ogni volta che va in gelateria. Vaniglia, ovviamente.

Cerco di essere gentile. *Puritano* è l'eufemismo del secolo.

«È un peccato» dice Madisyn e sussulta. Fa cadere il mio telefono contro la panchina e si schianta a terra con un tonfo.

Ho comprato quel telefono solo un mese fa. La colpisco amichevolmente. Può essere più sbadata di così? «Madisyn! Se mi rompi il telefono, me lo ricompri».

Madisyn fa una smorfia e si china per raccogliere il telefono. Lo gira ed esamina lo schermo. «Chi è questo tizio?»

Il respiro mi si blocca in gola quando mi mostra il selfie che io e Luka abbiamo scattato prima di andare a casa mia per una notte di sesso selvaggio.

Esalo un respiro nervoso e riprendo il telefono. «Il padre di Bay. La mia avventura di una notte. Avrei dovuto cancellare quella foto, ma ho pensato che Bay potrebbe volerla vedere un giorno.»

«E perché non fa parte della vita di Bay?» chiede Madisyn. Non ci gira attorno.

Mi passo una mano tra i capelli. Sento le farfalle nello stomaco. Il solo parlare di lui mi rende nervosa. Ma sono anche incazzata nera con lui. Mi ha mentito e io ci sono cascata in pieno.

«Quel cazzone mi ha mentito. Ha detto che lavorava al bar in cui l'ho incontrato, ma ovviamente non era vero. Non so nemmeno se Luka sia il suo vero nome.

Ma è meglio così.» Voglio lasciare cadere l'argomento. Tra pochi mesi mi sposerò e Luka sarà solo un ricordo di un passato molto lontano.

Madisyn si schiarisce la gola. «Lo conosco, Hannah. Lavora con Mikhail. Si chiama Luka Ivanov.»

Non mi arriva più aria ai polmoni e mi accascio sulla panchina, ho bisogno di un minuto per riprendermi. «Da quanto tempo?» riesco a dire. Il sudore mi imperla la fronte, la testa mi cade in avanti e cerco di respirare dalla bocca, mentre lo stomaco si chiude.

Lei si siede accanto a me, mi mette una mano sulla schiena. «Qualche mese. Non ne avevo idea... cosa vuoi che faccia?» chiede Madisyn.

«Mi sento male.» Questa serata doveva essere divertente, una serata tra ragazze... e invece.

«Respira» la mia amica cerca di farmi respirare profondamente per tranquillizzarmi. «Concentrati sull'inspirazione dal naso e sull'espirazione dalla bocca.»

«Non ci riesco.» Sto tremando. Il mio corpo è inondato da una moltitudine di energia che non riesco a lasciare andare.

Adrenalina.

«Guardami, Hannah» la sua voce è forte e ferma e, mentre la visione vacilla, lei è la mia roccia.

Alzo lo sguardo verso di lei e il mio respiro si calma un po'.

«Così» dice. «Ora espira.»

Rilascio un respiro pesante e mi passo le mani tra i capelli. Mi sento già più energica e meno a terra.

«Ti capita spesso di avere attacchi di panico?» mi chiede Madisyn.

«Non era...»

Il suo sguardo di disapprovazione mi costringe a chiudere la bocca.

«No» rispondo. Non l'avrei classificato come un attacco di panico, ma è sicuramente qualcosa che non voglio sperimentare di nuovo. «Mi dispiace.»

«Non devi scusarti.» Madisyn prende la borsa e il telefono. «Che ne dici di incontrarci al piano di sotto tra dieci minuti? Voglio chiamare a casa e far sapere a Mikhail che farò tardi.»

«Va bene. Puoi evitare di parlargli di Luka?»

Un ampio sorriso le attraversa il viso. «Volevo proprio dirglielo or ora! Mi stai dicendo che non dovrei?»

Accidenti, è sfacciata. Stringo le labbra. «Spero per te che tu stia scherzando.»

«Rilassati. Non dirò a Mikhail che Luka è il paparino di Bay.»

Faccio una smorfia quando la sento usare questo termine. «Possiamo evitare di chiamarlo così per favore?»

Mi alzo, prendo la borsa e ripongo il telefono. «Prima o poi parlerò con Luka. Solo, non chiamiamolo "paparino". Ok?»

«Vuoi che lo inviti fuori stasera?» mi chiede Madisyn.

«A una serata tra ragazze?» La voce mi si blocca in gola. È l'idea peggiore che abbia mai sentito. Non sono pronta a vederlo stasera, dopo tre anni. Non ho vestiti decenti, né i capelli puliti o il trucco a posto. Non che abbia importanza. Sono fidanzata, ma voglio comunque apparire presentabile. Ok, non lo ammetterò mai davanti a Madisyn, ma voglio essere splendida quando incontrerò Luka.

Madisyn si dirige verso la porta. «Ripensandoci, in effetti preferirei godermi lo spettacolo da lontano e non seduta al vostro tavolo. La situazione potrebbe farsi esplosiva.»

Mi cade la mascella e mi viene di nuovo a mancare l'aria al suono delle sue parole. Non esiste che Madisyn partecipi alla conversazione quando comunicherò a Luka che quell'unica scopata si è trasformata nove mesi dopo in una bambina di quattro chili.

«No, non sarai invitata quando dirò a Luka che è il padre di Bay.»

«Mi sembra giusto.» Madisyn alza le mani in segno di finta resa. Non sembra risentita e di certo non è mia intenzione offenderla, ma questa non è una conversazione leggera, tipo le chiacchiere che si fanno con gli amici al bar. È una cosa seria.

«Dieci minuti?»

«Sì» rispondo, e lei esce con il telefono in mano. Immagino che stia andando a parlare con il suo ragazzo.

Mi passo un pettine tra i capelli e metto un po' di rossetto prima di scendere al piano di sotto. Madisyn dovrebbe essere già pronta. Do un'occhiata al telefono. Non ci sono chiamate perse. Nessun messaggio da parte di Mark. Non è il tipo di persona che si fa sentire o manda messaggi durante il giorno. Sa che sono impegnata e che non ho tempo per le chiacchiere.

Digito il suo numero di cellulare e Mark risponde dopo tre squilli.

«Tutto bene?» chiede.

«Sì, volevo solo salutarti.»

«Sono un po' impegnato in questo momento» risponde Mark. «Bay è ancora all'asilo. Passo a prenderla quando torno a casa. Non mi sono dimenticato.»

«Ok, grazie.» Mi sembra sempre di disturbarlo quando lo chiamo.

Chiude la telefonata senza nemmeno salutare. «Sì, ti amo anch'io» mormoro tra me e me. Cerco di essere comprensiva. So che è oberato dal lavoro, che questo è il periodo dell'anno più pieno dal punto di vista lavorativo. Ma è comunque uno schifo che tra le sue priorità io ricopra il secondo posto, se non addirittura il terzo. Forse il quarto.

Probabilmente sono solo un po' triste e ho bisogno di una serata lontana da Mark per divertirmi, rilassarmi e distendermi.

# TRE

*Luka*

«C'è qualche possibilità che io riesca a convincerti a uscire stasera?» chiedo facendo capolino nell'ufficio di Mikhail.

«Madisyn non mi lascerà andare a zonzo con te» risponde Mikhail. «Ma ha appena chiamato, vuole uscire con una delle sue amiche di lavoro, serata tra donne. Voglio che tu le faccia da accompagnatore.»

«Accompagnatore?»

Non è quello che avevo in mente per stasera, fare da babysitter alla sua ragazza e tenerla fuori dai guai.

«Non ti fidi di Madisyn?» mi avvicino all'ufficio e chiudo la porta alle mie spalle. Sebbene lei non sia in casa e non possa ascoltare la nostra conversazione, non voglio che altri uomini inizino a parlare. È così che si diffondono le voci.

Lo sguardo profondo di Mikhail si indurisce. «È incinta, e con il cartello e la mafia là fuori, mi sentirei meglio se avesse una guardia del corpo con sé. Per non parlare di tutti quegli altri vermi là fuori che non stanno cercando di arrivare a me, ma sono attratti da lei. Ho bisogno di sapere che è al sicuro.»

«Capo, non credo che apprezzerà se ci presentiamo alla sua serata tra donne.»

Non capisce il senso di una serata tra donne? Madisyn vuole solo essere lasciata in pace per una sera e lui non deve nemmeno preoccuparsi della sua fedeltà. L'ha letteralmente stregata. Non esiste che la ragazza lo tradisca.

«Non ho detto noi. Ho detto te.»

Brontolo sottovoce: «Fantastico». Se sono fortunato, non mi tirerà un drink in faccia, ma Madisyn può essere una testa calda quando vuole e non prenderà alla leggera il fatto che i miei ordini siano di sorvegliarla al bar.

«Mi assicurerò che ordini solo bevande analcoliche, capo.» Guardo l'orologio. «Sai in quale bar stia andando?» domando. Sarebbe più facile sapere dove devo andare per tenerla d'occhio.

Mikhail guarda il suo telefono e mi manda un messaggio con l'indirizzo. «Porta Nikita con te se vuoi dare meno nell'occhio.»

«Madisyn non è stupida, capo. Capirà in un istante che siamo lì per sorvegliarla. È meglio che vada da solo.»

«Come vuoi, ma assicurati che torni a casa sana e salva.»

———

Mi siedo a un tavolo in fondo al bar, con la schiena appoggiata al muro e lo sguardo rivolto alla porta. Osservo e aspetto che Madisyn arrivi.

Non ho intenzione di intromettermi, voglio che la ragazza si diverta. Se dovessero presentarsi dei problemi ci penserò io ad aiutarla, altrimenti sarò invisibile.

Madisyn entra nel bar, si mette in testa gli occhiali da sole troppo grandi per il suo viso e si dirige verso il bancone.

«Hannah» sussurro, riconoscendo la ragazza che segue Madisyn. Mi si chiude lo stomaco. La ragazza non è cambiata particolarmente dall'ultima volta che l'ho vista. Certo, non indossa quel vestito rosso dinamite, ma è ugualmente sexy in jeans attillati e maglione azzurro.

Madisyn si sporge in avanti per attirare l'attenzione del barista e ordina. Mi avvicino al bancone, non riesco a distogliere lo sguardo da Hannah.

L'ultima volta che l'ho vista, abbiamo messo a soqquadro il suo salotto in un tripudio di passione.

*Attraversiamo la porta d'ingresso e la chiudo con un calcio. La faccio girare, le nostre labbra si fondono mentre la blocco contro la superficie di legno.*

*Trema e geme mentre le bacio il collo.*

*Le sue dita si impigliano nei miei capelli, tirandomi più vicino, poi prende il controllo e mi spinge indietro di qualche passo, con le labbra che mordicchiano le mie.*

*Un sorriso compiaciuto si diffonde sul mio viso. Mi strappa la camicia con le mani, facendo saltare tutti i bottoni, e me la apre.*

*Non pensavo che avesse questo fuoco dentro, il mio piccolo petardo.*

*Mi fissa il petto, mentre le sue mani passano sulla mia pelle, lente e attente.*

*La sollevo da terra con facilità e la appoggio al muro. Con goffaggine, ci trasciniamo da una parete all'altra. Una cornice cade a terra e si rompe mentre noi ci dimeniamo senza meta, incapaci di separarci anche solo per un istante.*

*Lei non ha paura della mia forza e della mia rudezza.*

*Il suo respiro è profondo e rauco, e il mio cazzo si agita, desideroso di sentire le sue labbra avvolte attorno a lui.*

Scuoto via quel lontano ricordo. Arraparsi e deconcentrarsi non servirà a nulla stasera. È off-limits se è amica di Madisyn. Inoltre, la mia regola è di non scopare due volte con la stessa ragazza.

L'ultima cosa che voglio è legarmi a qualcuna.

*Ma perché sto attraversando il bar per far sì che lei mi noti?*

Voglio che lei mi veda. Voglio che si ricordi di me perché sono stato il miglior sesso della sua vita. Dovrei starmene con le mani in mano, nascosto nel retro del locale, e fare in modo che Madisyn non mi sbraiti contro. Ma non posso rimanere a guardare. Non ricordo il nome della maggior parte delle ragazze che mi scopo, ma Hannah è diversa. Ricordo ancora il suo appartamento e il profumo di cannella e spezie ad accogliermi alla porta. Il sapore delle fragole sulle sue labbra e la sensazione della sua figa stretta attorno al mio cazzo, che pulsava mentre gemeva.

Abbiamo messo a soqquadro quel posto, distrutto i suoi mobili, rotto il letto e fatto crollare il tavolino di legno. Ancora sorrido al pensiero della passione che si è accesa tra noi quella notte. I vicini ci hanno persino mandato la polizia per via dei rumori. Due volte.

Le sue guance si infiammano. Oh sì, si ricorda di me.

# QUATTRO

*Hannah*

Cosa ci fa Luka qui?

«L'hai detto al tuo ragazzo?» non posso fare a meno di accusare Madisyn. Altrimenti perché Luka si sarebbe presentato al bar e si starebbe dirigendo verso di noi?

Non avrei dovuto confidarle il mio segreto!

«Gli ho solo detto che sarei uscita a bere qualcosa con un'amica.» Si gira sui tacchi e colpisce Luka al petto mentre si avvicina.

«Che diavolo stai facendo? Ti ha mandato Mikhail?» Madisyn è furiosa. «Non si fida di me? È per questo che ti ha mandato a spiarci?»

Luka si schiarisce la gola e mi fa un sorriso, prima di riportare la sua attenzione su Madisyn. «Abbassa la voce e calmati.»

«Lo farei se tu non ti comportassi come un barbaro» risponde Madisyn.

«Che cosa ti ho fatto?» chiede Luka. È calmo, incredibilmente calmo mentre affronta Madisyn che, dal canto suo, è sul punto di riempirlo di botte. Ma è più alto di lei e molto più muscoloso. Non gli sarebbe difficile sottometterla, se volesse.

«A parte presentarti senza invito...»

Potrebbe essere una guardia del corpo per celebrità o miliardari, con il suo fisico e la sua rudezza. Non so cosa faccia per vivere. Non ne abbiamo parlato l'ultima volta che l'ho visto. Eravamo troppo impegnati a strapparci i vestiti a vicenda.

«Stai facendo una scenata inutile» avverte Luka. Il suo tono è minaccioso, disapprova il suo comportamento. Ma non la tocca con un dito. Alza il braccio e fa cenno al barista di avvicinarsi. Aveva iniziato ad avvicinarsi prima, ma gli è bastato dare un'occhiata all'acceso scambio che stavano avendo per dileguarsi. " Tra moglie e marito non mettere il dito", non è così che si dice?

Ovviamente non si tratta di niente di tutto ciò. Per quanto ne so, Luka e Madisyn non stanno insieme. Lei sta con Mikhail ed è molto felice. Ma non conosco bene la situazione di Luka. Non ho chiesto a Madisyn se si vedesse con qualcuna. Non dovrebbe importarmi. Sono fidanzata. Dovrei organizzare il mio matrimonio e sprizzare di felicità da tutti i pori. In effetti sto per sposarmi, ma a volte ho qualche dubbio circa la parte che concerne la felicità.

Ma sono sicura che si tratti semplicemente di normale nervosismo. Eppure le gambe mi tremano mentre Luka Ivanov, il padre di mia figlia, mi fissa.

«Cosa vuoi?» mi chiede Luka.

«Come scusa?» vengo colta di sorpresa dalla sua domanda.

Luka fa un gesto al barista in attesa delle nostre ordinazioni. «Cosa bevete? Offro io» dice, disposto a pagare il conto almeno per questo giro.

«Certo che offri tu» dice Madisyn.

Il suo sguardo si abbassa e lui infila la mano nella tasca posteriore per recuperare il portafogli. Lo apre, estrae una carta di credito e la fa scorrere sul piano del bar per pagare i nostri drink.

«Io prendo un Fuzzy Navel» dico al barista.

«Tu vuoi qualcosa?» il barista chiede a Madisyn.

«Un ginger ale» ordina Madisyn e si sottrae alla presa di Luka.

«Dove stai andando?» chiede Luka.

Madisyn geme e lancia le mani in aria. «In bagno!» Madisyn si dirige verso il fondo del bar e lui si allontana dal bancone.

«Lasciale un po' di spazio e della privacy, soprattutto» suggerisco.

Esala un sospiro esasperato e si appoggia al bancone.

Mi siedo sullo sgabello e le nostre ginocchia si sfiorano. «Come stai?» chiedo, nel tentativo di apparire disinvolta e di fare finta di niente. Voglio dire, cosa diavolo dovrei fare? Non so nulla di lui e non sono sicura di voler sganciare la bomba: *hai una figlia.*

Quando il barista torna con il mio drink, lo sorseggio frettolosamente, usandolo come distrazione temporanea.

«Bene» ammette Luka. Non è uno che sorride molto, ma gli angoli delle sue labbra si piegano verso l'alto. «E tu? Non sapevo che tu e Madisyn foste amiche.»

«Siamo colleghe» rispondo. Tuttavia mi piace pensare che stiamo diventando amiche. «Cosa ci fai qui? Il suo ragazzo è davvero così possessivo? Non sopporta che lei si diverta senza di lui?»

«Mi ha mandato qui per tenerla d'occhio e assicurarsi che non faccia nulla di stupido.»

«Non farà nulla di stupido. Sei tu che ti stai comportando da stupido.»

Ridacchia alla mia osservazione. Non dovrebbe essere divertente, sto cercando di difendere la mia amica, anche se il mio rimprovero suona molto infantile.

«Rilassati. Non sono venuto qui per litigare. Sono il vostro autista privato.»

Unisco le labbra: «La metropolitana è a pochi isolati da qui. Esistono i taxi. Non ho bisogno di un autista privato e, a quanto pare, neanche Madisyn, che per di più non ha ordinato alcolici. Puoi tornartene a casa».

Pensa che non siamo in grado di prenderci cura di noi stesse? Mi prendo cura di me stessa da sempre e mi occupo di mia figlia senza che nessuno mi aiuti da quando è nata.

Alza le mani. «Non sono qui per discutere.»

«È un po' tardi per dirlo» borbotto.

Lui distoglie lo sguardo, evita il contatto visivo con me. La sua attenzione è rivolta al corridoio sul retro, dove Madisyn è scomparsa pochi minuti fa per andare in bagno.

*È interessato a Madisyn?*

«Hai una cotta per lei? Perché è già impegnata, esce con qualcuno.» Mando giù il resto del mio drink e faccio cenno al barista di prepararmene un altro. Se devo avere a che fare con Luka, me ne serviranno un bel po'. Tanto meglio se a spese sue.

«Esce con il mio capo e no, non ho una *cotta* per nessuno.»

Ho la bocca secca, mi lecco le labbra e distolgo lo sguardo. «Ok» sospiro. «Come sei irritabile. Hai saltato il sonnellino pomeridiano?»

«Non faccio il pisolino.»

Beh, forse dovrebbe. Con Bay funziona sempre.

Madisyn esce dal bagno a testa alta, passa davanti a Luka e si siede accanto a me sullo sgabello del bar. «Ti sono mancata?» La sua attenzione è tutta su di me e non degna Luka nemmeno di uno sguardo, anche se lui è proprio accanto a me. Lo sta ignorando.

Funzionerà?

«Non puoi capire quanto» sono sincera. La prossima volta che andrà in bagno, andrò con lei.

Luka capisce l'antifona e si allontana. «Se avete bisogno di qualcosa, io sono laggiù» fa un gesto verso l'angolo del bar.

«Non avremo bisogno di te» dico e tiro un sospiro di sollievo quando si dirige verso il suo posto in fondo al bar, a un tavolo da solo. È un po' patetico il fatto che sia bloccato qui a guardare Madisyn.

Aspetto che si allontani abbastanza perché non possa più sentirci. «Che diavolo sta succedendo, Madisyn? Perché ti sta seguendo?»

Lei prende il suo ginger ale e ne beve un sorso, evitando il mio sguardo furioso.

«Allora?»

«Mikhail è iperprotettivo. È preoccupato perché sono incinta. Almeno credo sia questo il motivo per cui ha mandato la sua guardia del corpo a tenerci d'occhio.»

«Sei incinta?» grido.

I suoi occhi si allargano e mi fa segno di abbassare la voce. «Sì, ma non voglio che si sappia. Almeno non al lavoro. Devi mantenere il segreto.»

A chi dovrei dirlo? «Certo. Te lo prometto» le porgo il mignolino.

Lei ride del mio gesto e poi mi stringe il mignolo con il proprio. «Mi sembra di essere di nuovo in terza elementare. Hai parlato a Luka di Bay?»

«Ti ricordi il suo nome» rido e lancio un'occhiata in direzione di Luka. È seduto in fondo, dietro Madisyn. Non è difficile osservarlo senza che lui se ne accorga. «No, non mi sembrava il momento giusto.»

«Non arriverà mai il momento giusto. E giuro che non l'ho invitato stasera.»

«Lo so. L'ho capito dalla lite che non ti aspettavi di trovarlo qui. Sei arrabbiata con Mikhail per averlo mandato?»

«Non ne sono felice» dice Madisyn. Finisce il suo ginger ale e fa cenno al barista di avvicinarsi. «Prendo uno Shirley Temple.»

Sorride e fa un salutino a Luka. Che cosa ha in mente?

Il barista passa qualche minuto a preparare i nostri drink prima di farli scivolare sul bancone verso di noi. «Grazie» prendo il mio godendomi il leggero pizzicore. Probabilmente non avrei dovuto saltare il pranzo.

# CINQUE

*Luka*

Perché Madisyn non riesce a stare lontana dai guai per più di cinque minuti?

Esalo un sospiro rassegnato, mi alzo e mi avvicino alle ragazze. Dovrei stare lontano da Hannah, ma non ci riesco. La verità è che non voglio. Mikhail si è finalmente sistemato ed è felice.

Non ho mai pensato di volere quella vita, ma a vederli insieme è difficile non essere gelosi.

Le luci del bar sono soffuse e la folla si fa sempre più rumorosa. Mi avvicino alle due combinaguai e prendo il drink di Madisyn.

«Cosa stai facendo?» chiede Hannah mentre scende dallo sgabello. Si mette tra me e la sua amica, come se volesse proteggere Madisyn da me.

Probabilmente Hannah non sa che Madisyn è incinta. E non spetta a me dirglielo.

Mi avvicino a Hannah e afferro il drink rosso per annusarne il contenuto. È difficile capire se sia alcolico o meno. Ne bevo un sorso. È dolce e non è minimamente forte o amaro. Non sento alcuna traccia di alcol.

«È uno Shirley Temple, coglione» dice Madisyn e mi dà uno schiaffo sul braccio. «Ridammi il mio drink.»

Le cedo il bicchiere e faccio un passo indietro per togliermi di mezzo.

Hannah incrocia le braccia sul petto. «Hai intenzione di dire qualcosa a tua discolpa?»

Fantastico, vuole difendere Madisyn. Faccio cenno al barista di avvicinarsi e ordino un whisky. Il bicchiere di Madisyn è ancora pieno e Hannah sorseggia il suo drink da femminuccia.

Quella sera mi è rimasta scolpita nella testa e non posso fare a meno di fantasticare su come spogliare Hannah e scoparla.

Mi ha fatto un effetto così forte? Mi muovo a disagio al pensiero e il mio sguardo si posa sulla sua scollatura.

«Non deve bere alcolici» la avverto e incrocio il suo sguardo. «Volevo assicurarmi che il barista non facesse casini con la sua ordinazione.»

Hannah sgrana gli occhi. «Quello che ordina non è un tuo problema.»

Sebbene abbia ragione, spetta a me proteggere Madisyn. E, dal momento che Hannah è con Madisyn, stasera anche lei è sotto la mia responsabilità.

Madisyn sorseggia il suo Shirley Temple, poi afferra la mano di Hannah e la trascina sulla pista da ballo. Io tengo il posto di Hannah al bar e sorveglio i loro drink lasciati incustoditi per assicurarmi che nessuno se ne approfitti.

Le ragazze ballano e scacciano diversi uomini che mostrano interesse per loro. Sorseggio il mio whisky e poi ne ordino un altro, tenendo sempre gli occhi aperti per assicurarmi che non vengano infastidite o importunate da nessuno. Ogni tanto do un'occhiata all'orologio e mi sento sollevato quando Madisyn si avvicina per dirmi che la serata è finita ed è pronta a tornare a casa. È il mio segnale, devo riaccompagnarla al complesso.

«Hannah ha qualcuno che la riporti a casa?» chiedo.

«Sono proprio qui» mi fa notare Hannah dandomi un buffetto sul fianco, infastidita dal fatto che ne stessi parlando con Madisyn invece di rivolgere la mia domanda direttamente a lei.

«Beh, hai qualcuno che ti venga a prendere?» chiedo. Non mi piace l'idea che guidi fino a casa. Ha bevuto un po' e l'ho vista barcollare mentre camminava verso il bar dalla pista da ballo. La ragazza non è per niente stabile e sicura sui suoi piedi. Anche se la colpa potrebbe essere dei tacchi che indossa.

«No, ho intenzione di guidare fino a casa.» Hannah si infila il cappotto e prende le chiavi della macchina dalla tasca.

«Sciocchezze. Ti accompagniamo noi.» Cerco di afferrare le chiavi dal suo palmo e lei chiude la mano.

Madisyn si sta abbottonando il cappotto, osserva lo scambio tra noi senza interferire. C'è un accenno di sorriso sulle sue labbra e mi chiedo cosa ci trovi di divertente in questa situazione.

«Non sei in grado di guidare fino a casa» sostengo con fermezza. «Lascia che ti accompagni io o che ti chiami un taxi.»

Hannah emette un sospiro infastidito e chiude la zip del cappotto. «Va bene. Se vuoi accompagnarmi a casa, fai pure. Abito dall'altra parte della città.»

«Stesso indirizzo di qualche anno fa?» le chiedo.

Le sue guance si infiammano e i suoi occhi sgranano. «Luka!» ringhia e mi dà uno schiaffo sul braccio.

«Che cosa ho detto di male?» chiedo. Perché le donne sono così difficili da leggere? Che ho fatto di male ora?

Il sorriso di Madisyn si allarga ulteriormente sul suo volto. Afferra la borsa. «Voi piccioncini siete pronti?»

Hannah mi guarda male. Io chiedo il conto e pago al barista i nostri drink prima di condurre entrambe fuori dal locale, in direzione della mia auto. Madisyn sale sul sedile posteriore, mentre Hannah si siede davanti con me.

Non so se ringraziarla o meno.

Non ricordo l'indirizzo esatto del suo appartamento, ma la zona generale sì. Non dovrei ricordare così facilmente dove viva. Sono stato a letto con decine di donne e non riconoscerei la maggior parte di esse nemmeno se mi ci ritrovassi faccia a faccia in mezzo alla strada, figuriamoci ricordarmi dove risiedano.

Ma Hannah è diversa. Non so bene perché. Forse è perché mi ha fatto il culo a strisce a biliardo. Non l'ho lasciata vincere. Semplicemente non ho mai avuto alcuna possibilità contro di lei.

Ho capito da subito, fin dal primissimo istante in cui abbiamo parlato, che fosse molto al di fuori della mia portata. Veniamo da mondi diversi. Probabilmente lei vuole dei figli, una famiglia e una staccionata bianca.

«Avrò bisogno del tuo indirizzo quando saremo vicini» la informo e mi dirigo verso il suo complesso residenziale.

«Non te lo ricordi?» scherza Hannah e tira la cintura di sicurezza verso il basso, stretta sulle ginocchia mentre fissa la fibbia.

Esco dal parcheggio del bar. Madisyn se ne sta in religioso silenzio. Guardo nello specchietto retrovisore e vedo che sta guardando fuori, attraverso il finestrino laterale. La prendo come una vittoria. Probabilmente Hannah l'ha fatta stancare sulla pista da ballo.

Indica un edificio di mattoni rossi mentre ci avviciniamo al complesso residenziale. «Abito lì» dice.

Accosto il SUV al lato della strada e metto le quattro frecce.

Guardo Madisyn. Sta giocando al cellulare sul sedile posteriore. «Accompagno Hannah dentro per assicurarmi che arrivi a casa senza problemi. Vuoi sederti davanti?»

«Certo» risponde Madisyn. Si accomoda sul sedile anteriore e io lascio il veicolo in moto, in modo che possa stare al caldo. Blocca le portiere dall'interno e io mi precipito all'ingresso con Hannah, mettendole una mano sulla schiena mentre la accompagno alla porta e all'interno dell'edificio.

«Non dovevi accompagnarmi fino a casa» dice con una risata nervosa.

«È il minimo che potessi fare dopo stasera.» La serata è stata un disastro, non lo nego. Ma rivederla è stato certamente il momento più bello della mia nottata.

Una volta entrati nell'atrio, Hannah preme il pulsante dell'ascensore. Scrolla i piedi ed emette un pesante sospiro. «Non devi accompagnarmi fino alla porta del mio appartamento. Madisyn ti sta aspettando.» La sua voce è morbida e incerta.

Si lecca le labbra, quelle incredibili labbra dal sapore di fragola. Vorrei baciarla, ma è tutta la sera che discutiamo. Non mi sembra giusto. E lei ha bevuto. Non sono il tipo di uomo che si approfitta di una donna.

«È in macchina al caldo. Le portiere sono chiuse. Voglio solo assicurarmi che arrivi a casa sana e salva» dico.

Le porte dell'ascensore si aprono ed entriamo. Lei preme il pulsante del terzo piano. «Senti, mi dispiace per stasera.»

«Per stasera?» ride, ma sento della rabbia nella sua voce. Non è felice. È incazzata. Ma non so ancora con certezza cosa le abbia fatto. «E per avermi mentito anni fa? Per quello ti dispiace?»

«Mentito?» sussurro e cerco di ricordare su cosa potrei averle mentito al punto che, dopo tutti questi anni, sia ancora offesa.

Rilascia un respiro pesante e si scosta i capelli dal viso con il fiato. L'ascensore suona e le doppie porte si aprono.

Una tregua.

Hannah esce di corsa dall'ascensore e mi precede di due passi. Io sono più alto, quindi lei sta praticamente correndo verso la porta per lasciarmi indietro.

«Mi dispiace» dico. Anche se, onestamente, non so bene per cosa mi stia scusando.

Si avvicina al 3B, la porta del suo appartamento. È rosso vivo, proprio come l'esterno dell'edificio. Tutte le porte sono dipinte del medesimo colore. Non ricordavo il colore della sua, nonostante quella notte l'avessi anche bloccata tra me e la porta. La maggior parte dei miei ricordi di quella notte sono di lei nuda che si contorce sotto di me.

«Lascia perdere» mormora sottovoce. «Lasciamo il passato nel passato.» Si ficca le mani in tasca alla ricerca delle chiavi e le infila nella porta, ma non gira la serratura.

«Ascolta, mi dispiace davvero se all'epoca ho detto o fatto qualcosa che ti ha offeso. Vorrei farmi perdonare. Potremmo uscire insieme qualche volta, bere qualcosa.»

La porta d'ingresso si apre e un uomo con i capelli castano sabbia e gli occhiali tira un sospiro di sollievo. «Oh bene, sei a casa. Bay ha la febbre e non so cosa fare.»

Non sembra nemmeno accorgersi di me. Probabilmente è meglio così. Non l'ho accompagnata alla porta per causarle problemi.

Hannah sospira. «Grazie per il passaggio» alza sguardo verso di me.

«Oh, hai preso un taxi per tornare a casa? Devo pagarti?» Cerca il portafogli nella tasca posteriore.

«Sono solo un amico di Madisyn» faccio un gesto verso l'ascensore. «Devo tornare alla macchina. Lei sta aspettando dentro e abbiamo parcheggiato in doppia fila.»

«Grazie per averle dato un passaggio.»

Non l'ho fatto per lui. Non sapevo nemmeno che *lui* esistesse. *Chi è? Il suo ragazzo? Suo marito? E chi diavolo è Bay?*

*Hannah ha una figlia?*

# SEI

*Hannah*

Non era così che volevo che Luka scoprisse che ho una figlia, o meglio che abbiamo una figlia. Anche se è improbabile che si sia reso conto che Bay è sua.

Mi fiondo dentro per occuparmi di lei, mentre Mark chiude la porta a chiave.

Luka se n'è andato. Dovrei essere sollevata, ma non sono per niente contenta, a parte per il fatto che stasera l'ho rivisto. Ogni volta che penso a Luka Ivanov sono attraversata da un misto di emozioni forti e contrastanti: passo dall'eccitazione alla rabbia in due secondi.

Bay è già nel mio letto, sepolta sotto una trapunta. Non si sente la febbre, ma prendo comunque il termometro provarle velocemente la temperatura.

Non ha febbre.

Prendo in braccio Bay e la metto nel suo lettino prima di chiudere la porta della sua stanza.

«La febbre di Bay è scesa» annuncio. Qualunque cosa abbia fatto Mark, deve essere servita allo scopo. «Avresti potuto chiamarmi. Sarei tornata a casa prima se avessi saputo che Bay non stava bene.»

«Non volevo disturbarti» risponde Mark e si sdraia sul divano. «Le ho dato un ghiacciolo e un antipiretico per bambini. Sembra che abbia funzionato.»

«Grazie.» Mi siedo accanto a lui sul divano.

Lui prende il telecomando e accende la televisione. Sembra che io sia il suo ultimo pensiero.

«Possiamo parlare?» chiedo, mentre sollevo le gambe sul divano. Afferro la coperta blu e viola e me la stendo sulle ginocchia.

«Di cosa?» chiede Mark guardando a malapena nella mia direzione. La sua attenzione è interamente rivolta allo schermo.

«Luka!» esclamo.

«Chi?» Mark mi guarda.

«Il ragazzo che mi ha portata a casa.» Devo strappare il cerotto. Mark deve sapere che Luka potrebbe voler essere coinvolto nella vita di Bay e finire per far parte della nostra vita.

La sua fronte si aggrotta e le sue spalle si tendono. «Che ha fatto?»

È gelosia quella che vedo? Non ho mai visto Mark geloso.

«È il padre di Bay» dico tutto d'un fiato.

Mark distoglie lo sguardo dalla televisione e mette in pausa la diretta con il telecomando. «Non è divertente.»

«Non sto scherzando.»

Mark merita la verità. E anche Luka. Devo solo trovare il coraggio necessario e dire a Luka che è il padre di Bay.

«Cosa stai cercando di dirmi, Hannah? Quel ragazzo non è per niente il tuo tipo.»

«Beh, lo era quando me lo sono portata a casa tre anni fa.» Trasalisco al suono delle mie parole. Non voglio che diventi un litigio. È davvero l'ultima cosa che desidero. Mark è un buon compagno per me. È una buona figura paterna per Bay ed è stabile. Ci sarà sempre per noi, in ogni caso.

«Sa di essere il padre biologico di Bay?» chiede Mark.

Il modo in cui pronuncia quelle parole mi fa sentire sporca e provoca dentro di me un senso di vergogna per ciò che è successo tra me e Luka. «Non gliel'ho ancora detto. Ma ho intenzione di farlo.»

«Non dirglielo.» Mark si alza e cammina avanti e indietro per il soggiorno. L'appartamento non è enorme. Abito in questo bilocale da quando ho trovato lavoro al centro medico della dottoressa Steele. Non è troppo lontano dal lavoro e l'edificio è ben tenuto. Riesco anche a pagare da sola l'affitto, cosa non scontata visto il costo medio della vita in città.

«Se avessi saputo come rintracciarlo, gliel'avrei detto anni fa» confesso. Mi alzo, i piedi piantati saldamente per terra. La coperta cade, ma non mi preoccupo di raccoglierla. «Merita di sapere la verità, e la verità è che ha una figlia.»

«Non lo conosci nemmeno. Non sai nulla di lui!»

Faccio una smorfia e incrocio le braccia sul petto. «Non è una decisione che spetta a te.» Sto solo cercando di fare ciò che è meglio per mia figlia.

«Col cavolo, certo che lo è!» Mark si ferma e si gira verso di me. «Tu stai per sposarti con me. Bay sarà mia figlia. Sarò io a crescerla, non quel... delinquente!»

Mi pizzico la punta del naso e cerco di fare alcuni respiri profondi e di tranquillizzarmi. Non voglio dire nulla di cui potrei pentirmi.

«Ne parleremo domani. Ora vado a letto.» Mi alzo e passo davanti a Mark per dirigermi verso la camera da letto.

Mark batte il piede per terra e mi rendo conto che sta per fare una scenata. «Non abbiamo finito di parlarne.»

*Perché dev'essere così... così difficile?*

Non abbiamo mai litigato prima d'ora.

Mi passo una mano tra i capelli e mi giro per affrontarlo. «Va bene. E se la situazione fosse invertita e fossi tu ad avere una figlia di cui non sai nulla? Mi stai dicendo che non vorresti saperlo?»

Non credo preferirebbe essere tenuto all'oscuro, è impossibile.

«Se fosse la cosa migliore per mia figlia, sì.»

Faccio un passo verso Mark. «Se si tratta di ciò che è meglio per Bay, allora l'unica risposta accettabile è che abbia suo padre nella sua vita.»

È furioso. «Non rigirare la frittata, Hannah. Lei ha me. Sono l'unico padre di cui ha bisogno. Non un bastardo fannullone e trasandato che probabilmente non riesce neanche a tenersi un lavoro.»

Si è fatto quest'idea di Luka dopo un solo sguardo? «Le tue sono solo supposizioni, non sai di cosa parli.»

«E tu stai facendo la cosa peggiore per Bay.»

Le mie mani si stringono a pugno. Che faccia tosta, pensa di sapere cosa sia meglio per Bay. «Non dirmi come crescere mia figlia.»

«Nostra figlia» mi corregge Mark.

Mi mordo la lingua. Non è *sua* figlia, non ancora.

«Non capisco perché tu lo voglia nella nostra vita. Ti complicherà le cose, Hannah. Potrebbe volere la custodia di Bay.»

«Non voglio più parlarne» concludo, e mi scrollo dalla sua presa per dirigermi verso la camera da letto.

«Hannah!»

Mi dirigo verso la camera da letto e chiudo bruscamente la porta prima di crollare sul materasso. Per la prima volta dopo secoli, sento la mancanza di un posto tutto mio, di una stanza in cui poter sparire ed essere lasciata in pace.

Mark non mi segue e il pensiero di avere qualche minuto di pace e tranquillità mi solleva. Mi spoglio e mi metto il pigiama prima di infilarmi sotto le coperte e spegnere la luce della camera.

Le lacrime si riversano sul cuscino. Le asciugo e mi sposto sul materasso nel tentativo di fermare i pensieri che si rincorrono nella mia mente.

Il sonno non arriva e rimango sola, scontrosa e con le pile scariche. Mark non si è mai comportato così prima d'ora. Non è mai stato geloso. L'ha punto un insetto per caso?

Non me la cavo bene quando vengo privata del mio meritato riposo.

———

La porta della camera da letto si apre cigolando e io mi rotolo sulla schiena mentre la luce del mattino filtra attraverso le tende.

L'odore del caffè si diffonde nella camera da letto e mi sveglia del tutto.

Mi fa male la testa e ho lo stomaco sottosopra. Meraviglioso.

«Sei venuto a letto ieri sera?» chiedo.

Mark è in bagno a lavarsi i denti e ha lasciato la porta aperta.

Tra poco dovrò essere al lavoro. Mi costringo ad alzarmi dal letto e mi avvicino alla cassettiera per prendere i vestiti.

Lui sputa il dentifricio nel lavandino, fa i gargarismi con un bicchierino pieno d'acqua e poi ripulisce il lavandino. «Mi sono addormentato sul divano» parla mentre esce dal bagno.

Avverto tensione nella stanza, come una bomba in attesa di scoppiare. Pochi secondi all'impatto.

Non ricordo che Mark si sia addormentato sul divano. «Stiamo ancora litigando?» non voglio litigare con lui. Vorrei soltanto che rispettasse la mia decisione e che si lasciasse alle spalle quello che è successo tra noi ieri sera.

«Beh, dipende. Hai ancora intenzione di dire a quel tizio che è il padre di Bay?» mi chiede Mark. Incrocia le braccia sul petto, le spalle tese e le narici dilatate.

«Sei arrabbiato.»

«Non sono di certo felice.»

«Sì, beh, neanch'io sono particolarmente felice con te in questo momento.» Gli passo davanti e gli sbatto la porta del bagno in faccia.

«Che cosa ti ho fatto?» la risposta ovattata di Mark riecheggia attraverso la porta.

Mi sto comportando in maniera irragionevole? Non voglio fare la stronza, ma Luka ha tutto il diritto di sapere che ha una figlia. Se avessi potuto l'avrei contattato prima, l'avrei chiamato. Ma il numero di telefono che mi aveva lasciato era andato distrutto.

Mark sta solo cercando di prendersi cura di me, della nostra famiglia, ma non posso ignorare il passato o il fatto che il padre di mia figlia sia riapparso nelle nostre vite. *Che tempismo di merda.*

Mi vesto in fretta, mi lavo i denti ed esco di corsa dal bagno passando davanti a Mark. Sembra che non si sia mosso di un millimetro dopo che gli ho sbattuto la porta in faccia.

«Sei arrabbiata» dice Mark.

«Lo capisci solo adesso? Non posso parlarne ora. Devo andare al lavoro.» Esco frettolosamente dalla camera da letto. In salotto c'è la televisione accesa e i cartoni animati del mattino prendono vita sullo schermo. Bay è seduta sul divano, arrotolata nella mia coperta preferita.

«Mamma!» dice Bay quando mi vede.

«Buongiorno» dico e mi avvicino per abbracciare il mio piccolo raggio di sole. La stringo un secondo in più del solito e lei si dimena per liberarsi. «Devo andare al lavoro.» Le do un bacio sulla guancia.

«La lasci qui, con me?» chiede Mark.

Dal suo tono capisco che non è contento che lei rimanga qui mentre io sono al lavoro. Il mio mal di testa aumenta di secondo in secondo.

«Vuoi che la porti con me?» domando. Al centro medico c'è un asilo a disposizione dei dipendenti con figli piccoli. Durante la settimana Bay frequenta l'asilo, ma nei weekend, di solito, la porto con me al lavoro. Succedeva soprattutto prima di conoscere Mark.

Forse gli sto dando troppe responsabilità con la bambina.

Le do un bacio sulla fronte. Non è minimamente calda, non le cola il naso. Niente febbre. Ha un biberon accanto a sé e sembra star bene stamattina. Se fosse malata, l'asilo mi chiederebbe di riportarla a casa, anche quello del centro.

«No, voglio solo che lasci stare quel barbaro.» Fa un gesto verso la porta d'ingresso, dove ha incontrato

Luka la sera precedente. «Non lo voglio nelle nostre vite.»

Non posso occuparmi di questo adesso. Sono già in ritardo. «Devo andare al lavoro» gli ricordo, dando a Bay un altro bacio prima di prendere le chiavi e la borsa e scappare fuori dalla porta.

————

«Hai un aspetto orribile» mi fa notare Madisyn quando la incontro, mentre mi dirigo verso l'ascensore.

«Mi sento orribilmente» rispondo.

«Hai bevuto troppo?» chiede lei, lanciandosi in un'analisi del problema. Purtroppo è fuori strada.

Siamo solo noi due nell'ascensore e sono grata di non avere Mark attorno. Chi avrebbe mai detto che andare al lavoro potesse essere più piacevole che avere a che fare con un fidanzato geloso?

Mi tiro indietro i capelli con un elastico che tengo al polso. «No, Mark è arrabbiato per via di Luka.»

Lei rabbrividisce. «Come mai?»

«Luka mi ha riaccompagnata a casa...» Tralascio tutti i dettagli succosi che lei cerca di estorcermi con lo sguardo, come il fatto che ha incontrato Mark e ha saputo che ho una figlia.

L'ascensore suona e le doppie porte si aprono. Madisyn esce e mi aspetta. È già in camice e il suo tesserino di riconoscimento pende dalla sua camicia. Io invece devo ancora mettermi la divisa da lavoro.

A quanto pare sono più in ritardo di quanto pensassi. Mi dirigo verso il corridoio e Madisyn mi segue come se non avesse niente di meglio da fare. Ne dubito. Probabilmente vuole solo tutti i dettagli.

«Luka era cento volte più scontroso dopo averti accompagnata. Gli hai detto di Bay?»

«Cosa? No.»

Mi affretto a percorrere il corridoio in modo da cambiarmi alla svelta. Contrariamente al regolamento, di solito non indosso il camice al lavoro. Motivo per cui ho sempre a portata di mano un cambio di vestiti in più in caso un paziente mi vomitasse addosso. Non sarebbe la prima volta.

«Allora, cos'è successo?» chiede Madisyn. Mi guarda. «Hai un aspetto orribile, lo stesso che aveva lui ieri sera dopo averti salutata.»

«Niente. Cioè, non doveva succedere niente. Mi ha accompagnata alla porta. Niente di che, giusto? Finché Mark non l'ha aperta.»

«Merda» ansima Madisyn e sgrana gli occhi. «Luka ha cercato di baciarti?»

Ridacchio della sua domanda. «No, niente del genere. Mark ha detto che Bay aveva la febbre e Luka ha sentito tutto. Non credo fosse pronto a scoprire che ho una figlia.»

«O un fidanzato!»

«Giusto» mi mordicchio il labbro inferiore mentre mi cambio in fretta. «Non so ancora per quanto, però» mormoro.

«Cosa?» esclama Madisyn in risposta alla mia osservazione.

*Merda.*

«Mark non vuole che dica a Luka che Bay è sua figlia.» Mi infilo le scarpe da ginnastica prima di annodare i lacci. Indosso i vestiti puliti nell'armadietto e lo chiudo, poi metto il telefono in tasca.

«Perché no?» Madisyn incrocia le braccia sul petto. «Devi dirglielo! È lui il padre, non Mark.»

Crede che non lo sappia già? «Sì, ieri sera abbiamo discusso proprio su questo argomento. Poi ha dormito sul divano».

«Accidenti!» Madisyn fa una smorfia. «Posso fare qualcosa per aiutarti?»

Mi stringo il labbro inferiore tra i denti e scuoto la testa. Non mi viene in mente niente che possa risolvere la situazione, a parte assecondare i desideri di Mark, cosa che mi rifiuto di fare.

Madisyn mi dà una pacca di incoraggiamento sulla schiena. «Non preoccuparti. Tornerà sui suoi passi.»

«Chi? Mark o Luka?» chiedo con una risata nervosa. Non sono sicura che Mark si ricrederà. È una delle sue caratteristiche distintive. È testardo fino al midollo.

«Mark. Non ho dubbi sul fatto che Luka sarà un ottimo padre.»

Espiro in maniera angosciata. «Già. Come faccio a dirlo a Luka sapendo che Mark si arrabbierà? Giuro, è come avere a che fare con due bambini capricciosi.»

Madisyn mi fa un sorriso sincero e mi prende le mani. «Che ne dici di passare stasera dopo il lavoro? Possiamo cenare insieme, così potrai stare un po' con Luka.»

«Stai cercando di incastrarmi a rimanere sola con lui?» la ragazza è subdola.

Madisyn mi stringe le mani. «Sto cercando di aiutarti. Sta a te decidere cosa e quanto dirgli. Semplicemente mi sembra di capire che tu non possa incontrare Luka da qualche parte senza far arrabbiare Mark. Ho ragione o no?»

«Mark si arrabbierà solo se dirò a Luka di Bay. Non se lo incontro. È geloso, ma non è quel tipo di gelosia che ti aspetteresti dal tuo uomo.»

«Cosa intendi dire?» chiede Madisyn.

Mi dirigo verso il corridoio, devo dare inizio alla giornata e controllare i miei pazienti. «Mark pensa che Luka non sia il mio tipo. Non è un fidanzato possessivo. Sembra più spaventato dal fatto che Luka possa interferire con la vita perfetta della nostra famiglia.»

«È comunque una forma di gelosia e, qui lo dico e qui lo nego, Mark farebbe bene a essere geloso di Luka. È un bel bocconcino e un ragazzaccio. Non sapevo che ti piacessero quelli tenebrosi.»

Un lieve sorriso si insinua agli angoli della mia bocca. «Sì, non lo sapevo nemmeno io. Ci siamo semplicemente incontrati in un bar qualche anno fa.»

«Ma non mi dire» Madisyn sorride. «Più tardi voglio tutti i dettagli. Ora devo iniziare il giro.»

«Stasera. Ma va bene se porto Bay?» non voglio stare lontana da lei per due sere di seguito.

«Certo. Ti mando un messaggio con l'indirizzo.»

———

Quando esco dal lavoro sono sollevata all'idea di passare la serata con Madisyn. Anche se la cosa più giusta probabilmente sarebbe andare a casa, passare del tempo con Mark e parlare dei nostri problemi. Soprattutto parlare di Luka e dell'intera faccenda.

Ma non ho ancora superato i drammi e la gelosia di Mark. Un po' di tempo separati ci farà bene. Gli mando un messaggio dicendogli che vado a cena da Madisyn.

Non risponde. Tipico.

Entro nell'appartamento e lui è seduto davanti alla televisione a guardare lo sport mentre Bay sta sbattendo pentole e padelle in cucina. Almeno il rumore sembra provenire dalla cucina.

«Mamma!» strilla Bay e corre verso di me, lasciandosi alle spalle le pentole di metallo che cadono sul pavimento producendo un suono sferragliante.

Faccio una smorfia per il rumore, ma prendo in braccio la mia bellissima bambina per abbracciarla e baciarla. «Mi sei mancata» le dico.

«Mi sei mancata» mi fa eco lei e si aggrappa a me come se non mi vedesse da anni. La sollevo e lei continua a tenermi ben stretta.

Attraverso la stanza e cerco di attirare l'attenzione di Mark. Non voglio litigare con lui. «Hai ricevuto il mio messaggio?» chiedo.

«Sì. Ok» risponde. La sua attenzione è rivolta alla televisione. Ha guardato a malapena nella mia direzione.

«Porterò anche Bay con me. Se vuoi venire, sei il benvenuto» lo invito. Madisyn non lo ha esplicitamente invitato a cena, ma mi sembra sbagliato estrometterlo. Se accetta di venire con me, preparerò qualcosa da portare da Madisyn e le manderò un messaggio durante il tragitto.

«Chi ci sarà?» mi chiede Mark, lanciandomi un'occhiata. Si porta alle labbra un bicchiere di scotch e ne beve un sorso.

È la prima volta che lo vedo toccare alcol da quando stiamo insieme.

«Madisyn e il suo ragazzo, Mikhail.»

«L'importante è che non ci sia il barbaro. Se mi confermi che non c'è, sto bene qui. Mi limiterò a guardare la partita. Tu divertiti.»

«Intendi Luka?» chiedo. «Perché ha un nome.» Mi sto stancando della sua gelosia e delle sue buffonate.

«Sì, non voglio che porti Bay in un posto in cui ci sia anche lui.»

«Non è una decisione che spetta a te. Lei è mia figlia e lui è il suo...»

«Padre biologico» interviene Mark.

«Me ne vado» annuncio e mi dirigo verso la porta. Metto giù Bay per infilarle il cappotto viola, il cappello e i guanti. Non voglio correre il rischio che prenda freddo.

Mark si alza. «Non hai risposto alla mia domanda.»

«Non mi ero accorta che me ne avessi posta una.» Metto i guanti a Bay prima di afferrare il mio cappotto dal gancio.

Attraversa il soggiorno e si dirige verso la porta. «Ci sarà anche Luka?»

«Sinceramente, non lo so.» Madisyn ha detto che avrebbe fatto in modo che ci fosse anche lui, ma Luka potrebbe avere degli impegni e non presentarsi, e sinceramente la cosa mi starebbe bene. Ho già avuto abbastanza drammi per una giornata. Non potrei sopportarne altri.

«Non voglio che porti Bay con te se ci sarà anche Luka» spinge il palmo della mano contro la porta d'ingresso e ci impedisce di uscire.

«Dici sul serio? Non ne discuteremo ora, Mark» mi abbottono il cappotto e prendo le chiavi. È riuscito a bloccare completamente la porta d'ingresso con le spalle appoggiate su di essa e le braccia conserte sul petto. «Spostati!»

Non si muove.

«Mi stai prendendo per il culo?»

«Bay resta qui con me. Le piace guardare la pallacanestro» guarda oltre me per controllare i punteggi sullo schermo.

«Davvero? L'ultima volta che ho controllato stava giocando in cucina da sola.» Prendo Bay tra le braccia con fare protettivo. Non esiste che la lasci qui con Mark, stasera. Che diavolo gli è preso oggi? «Togliti di mezzo» gli ordino.

«Perché? Così puoi giocare a fare la brava mogliettina con il tuo nuovo ragazzo? Lui non ti ama, Hannah. Non ti amerà mai, non come posso fare io. Io ci sarò sempre per te.»

Mi afferra il braccio, le sue dita scavano nella mia carne. «Non farlo» dice, con l'alito che sa di alcol.

*Quanto ha bevuto?* Faccio una smorfia. La sua presa è forte e decisa. «Lasciami andare.»

Non allenta la presa. «Pensi che desideri te? O che voglia avere a che fare con la tua piccola marmocchia?»

«Non sai cosa stai dicendo, Mark. Sei ubriaco.» Gli do una gomitata nello stomaco e si piega in due dal dolore, mentre io sguscio fuori dall'appartamento con Bay in braccio. Mi precipito in macchina e la assicuro sul sedile posteriore.

Continuo a guardarmi alle spalle, in attesa di vedere se Mark ci seguirà. Non è un uomo che lascia correre, e questo mi preoccupa quasi quanto la sua gelosia.

# SETTE

*Luka*

Passo dal centro medico e vado a prendere Madisyn al lavoro.

«Indovina un po'!» strilla Madisyn mentre sale sul sedile anteriore. La sua eccitazione è nauseante.

La notte scorsa ho dormito a malapena dopo aver saputo che Hannah ha una famiglia. Secondo Madisyn, non è ancora sposata. Ma potrebbe benissimo esserlo, ha una figlia e io non ho alcuna intenzione di rovinare la sua famiglia perfetta e felice.

Non so perché la brunetta dagli occhi azzurri mi sia entrata nel cuore, ma non riesco a smettere di pensare a lei.

«Cosa?» brontolo.

«Ho invitato Hannah a cena.»

«Come sarebbe a dire che hai invitato Hannah a cena? L'hai chiesto a Mikhail?»

«Non devo chiedergli il permesso. Non è il mio padrone» dice Madisyn. «E poi sono sicura che gli andrà bene»

Per essere un ex agente dell'FBI, a volte Madisyn ha proprio la testa tra le nuvole.

«Non gli piace invitare estranei nel complesso.»

«Non sono estranei» dice lei. «Hannah è una mia amica e verranno solo lei e sua figlia.»

«Bay?» chiedo, ricordando il nome della bambina dalla sera prima. Non le converrebbe lasciare Bay a casa a riposare se è malata? Quell'idiota non aveva mica detto che la bambina aveva la febbre?

Non dovrei odiare l'uomo con cui Hannah ha una relazione. Non è affar mio con chi esca o con chi divida il letto.

Madisyn annuisce lentamente. Come se stesse processando qualche informazione nella sua testa, ma non riesco a capire quale. Alla ragazza piace molto parlare. «Comunque a Mikhail penserò io. Sii gentile stasera. Ok?»

«Quando mai non sono gentile?»

Ridacchia della mia osservazione. Non voleva essere una battuta, ma in effetti non sono il tipo più amichevole e aperto che si possa trovare.

Madisyn stringe le labbra, le guance rosee. «Sii civile. E dovresti unirti a noi per cena.»

*È impazzita?* «È una trappola?» chiedo.

«Di che cosa stai parlando?» dice Madisyn, facendo la finta tonta. Non è per niente stupida e non è entrata nella vita di Mikhail per caso. La ragazza è davvero astuta. E sebbene abbia lasciato l'FBI da tempo per dedicarsi a tempo pieno al suo lavoro presso il centro medico della dottoressa Steele, non posso fare a meno di guardarmi le spalle.

Ha già tradito Mikhail una volta. Chi ci assicura che non lo farà di nuovo?

«Hannah ha una relazione con il ragazzo che ho incontrato sulla soglia della sua porta ieri sera. Non so cosa pensi di fare, Madisyn, ma devi smetterla immediatamente.»

Hannah ha una vita completa. Ha una figlia, una famiglia e non ha bisogno che io mi intrometta nei suoi affari personali. Posso fantasticare su quello che abbiamo fatto, ma non posso andare oltre. Non voglio distruggere la sua famiglia o rovinarle la vita a causa di desideri egoistici. Non sono così bastardo.

«Non si è ancora sposata con lui» dice Madisyn.

Non ho intenzione di mettermi in mezzo al loro fidanzamento solo perché ho avuto un'avventura di una notte con lei qualche anno fa. «Sei fuori di testa?»

«Va bene, mollo il colpo. Ma dovresti unirti a noi per cena. Mikhail apprezzerà la tua compagnia.»

———

«Vorrei parlarti nel mio ufficio» esordisce Mikhail.

Mi dirigo verso l'ufficio e chiudo la porta alle mie spalle. «Tutto bene, capo?» Ha le mani intrecciate davanti a sé. Un'espressione acida sul viso. «Madisyn ha invitato a cena una delle sue colleghe della clinica.»

Sembra felice quanto me per questa situazione. «Nikita ha già fatto un controllo approfondito sulle sue amiche e colleghe più strette.»

«Sì, e sono sicuro che andrà tutto bene, ma vorrei che tenessi d'occhio questa ragazza, stasera a cena. Se si alza per fare pipì, voglio che tu la segua. Non voglio che un'altra agente dell'FBI cerchi di introdursi in casa mia.»

Cerco di nascondere il sorriso sul mio viso.

«Ho detto qualcosa di divertente per caso, Luka?»

«No, capo.» So bene che non devo farlo arrabbiare. Mi ha affidato una grande responsabilità e si fida di me. L'ultima cosa che voglio è mandare tutto all'aria per via di una ragazza.

«Madisyn ha accennato al fatto che potrebbe portare con sé sua figlia. Assicurati che i giocattoli in soffitta vengano portati giù.»

«Sì, signore.» Mi sorprende che abbia conservato i giocattoli dei nipotini. Pensavo li avesse bruciati, proprio come ha tagliato ogni tipo di rapporto con la sorella minore. E sebbene Mikhail abbia trasformato la stanza dei giochi in uno spazio di lavoro aggiuntivo poco dopo, nessuno ha mai osato utilizzare quello spazio finora.

«Non voglio che restino troppo dopo che la cena sarà terminata, ma so già che Madisyn insisterà per mangiare il dessert, ed è improbabile che una bambina piccola se ne stia ferma e buona per diverse ore» dice Mikhail.

«Ci penso io» comunico prima di uscire dall'ufficio di Mikhail.

Nel giro di un'ora suona il campanello e rispondo io, visto che sono il più vicino. Sento Madisyn scendere di corsa le scale e apro la porta.

Certo, Hannah ha portato con sé la figlia. La bambina è una versione in miniatura di Hannah: ha i suoi stessi capelli e i suoi stessi occhi azzurri.

«Mamma, ho freddo» annuncia la bambina a voce piuttosto alta alla porta d'ingresso.

«Entrate.» Dimentico quasi le mie buone maniere. Non sono abituato a ricevere ospiti nel complesso. Raramente abbiamo visitatori che non siano membri della Bratva.

Hannah aiuta la bambina a togliersi il cappotto viola e io mi offro di prenderlo, in modo da appenderlo nell'armadio di servizio in corridoio. Lei slaccia gli stivali della bambina mentre questa lascia cadere a terra il cappello e i guanti.

Mi chino per recuperare gli indumenti proprio mentre si china anche Hannah e ci urtiamo a vicenda.

«Scusami» dice lei l'istante dopo mentre raccoglie gli indumenti gettati a terra da Bay e li infila nella tasca della propria giacca.

«Colpa mia.» Non sono abituato a scusarmi. Non è una cosa che facciamo noi della Bratva, non mostriamo simili debolezze.

Hannah si sbottona il cappotto, si toglie le scarpe e le lascia vicino alla porta d'ingresso. Mi segue fino all'armadio per appendere la giacca. «Non ero sicura che venissi a cena» dice Hannah. Si stringe il labbro inferiore tra i denti.

È nervosa? Non riesco a capire perché dovrebbe esserlo.

«Mamma!» la piccola strattona la mano della madre, cercando di trascinarla con sé. La bambina non per niente è timida, né nei confronti degli estranei, né nei confronti dei posti nuovi.

«Bay, vieni qui» Hannah si china e prende in braccio la piccola tigre per cercare di domarla.

«Ti assomiglia» noto. La somiglianza è sconcertante.

Bay si contorce nella presa di sua madre, chiaramente desiderosa di essere rimessa a terra.

Madisyn si avvicina e fa capolino da dietro le mie spalle. «Davvero? Direi che assomiglia molto a suo padre.»

Hannah sgrana gli occhi e guarda in modo evocativo Madisyn. Non sono sicuro di cosa stia succedendo, ma lascio correre. Non c'è un motivo logico per cui non debba andarmi a genio il ragazzo che ho visto ieri sera a casa di Hannah.

Diamo la colpa alla gelosia, ma non voglio parlare di lui con Hannah o con Madisyn, se è per questo. Per me possiamo anche far finta che non esista. Un ragazzo non può sognare?

«Hai un aspetto orribile. Che cos'è successo?» chiede Madisyn a Hannah.

«Non voglio parlarne» risponde lei.

«Mark cattivo» proclama Bay innocentemente, ignara del fatto che Hannah non voglia parlarne.

Le mie mani si stringono a pugno sui fianchi.

Negli occhi di Hannah c'è uno sguardo distante che avrei dovuto cogliere prima. I suoi occhi sono gonfi e rossi.

«In che senso è stato "cattivo"?» ringhio. Se tocca Hannah o Bay anche solo con un dito, lo uccido.

«Posso darti un grosso abbraccio?» chiede Madisyn a Bay, tendendo le braccia verso di lei.

Il viso della bambina si illumina e annuisce vigorosamente mentre si contorce e si dimena per liberarsi dalla stretta della madre. Hannah lascia andare Bay che si fionda tra le braccia di Madisyn.

Madisyn prende in braccio Bay e la conduce in corridoio, verso la cucina.

Hannah stringe le labbra e aggrotta le sopracciglia nel tentativo di trattenere le lacrime: «Abbiamo litigato».

Non posso fare a meno di preoccuparmi per lei e di chiedermi se quel Mark le abbia fatto del male. Indossa un dolcevita che rende quasi impossibile esaminarle la pelle alla ricerca di eventuali lividi.

Non voglio saltare ad alcun tipo di conclusione, ma è ancora visibilmente scossa da qualsiasi cosa sia successa.

La lascio parlare. La cosa migliore che posso fare per lei in questo momento è ascoltarla.

Hannah distoglie lo sguardo al fine di evitare la mia occhiata evocativa. «È una cosa stupida» si affretta a liquidare l'argomento. Forse non vuole parlare del motivo per cui hanno litigato.

Ma voglio che si confidi con me, se non altro affinché si alleggerisca di un peso e possa sentirsi meglio dopo avermene parlato. «Niente di quello che dici è stupido.» Mi avvicino e le poso la mano sul mento per sollevarle il viso.

Si blocca. Il suo corpo si tende al contatto. «Ha alzato le mani?» sento la rabbia affiorare al pensiero che lui possa averla ferita in qualche modo. La stanza è calda e avverto l'adrenalina iniziare a scorrermi nelle vene. «È stato violento?» temo la risposta che potrebbe darmi. Non ha cicatrici visibili, ma sono i tagli più profondi, quelli che si nascondono sotto la superficie, che mi preoccupano. E non solo per Hannah, ma anche per Bay.

Apre la bocca e la sua voce è appena un sussurro. Come se avesse paura di dire le parole ad alta voce. «Non mi lasciava andare via.»

«Intimidazione...» la avvicino, le mie mani sulle sue braccia, le esamino il viso e quello che riesco a vedere del collo alla ricerca di segni di violenza.

«No, è più complicato di così» Hannah fa una smorfia.

Si è pentita di avermi detto la verità?

«Che ne dici di trovare un posto un po' più tranquillo e riservato per parlare?» suggerisco mentre mi incammino con lei lungo il corridoio che Madisyn e Bay hanno percorso poco prima. La conduco nello studio. È vuoto. Accendo la luce quando entro nella stanza.

Hannah mi segue a ruota.

Sentiamo delle risate provenienti dalla sala da pranzo. Sembra che Madisyn sia brava a intrattenere la piccola tigre, cosa che deve tranquillizzare Hannah.

Le sue spalle si rilassano quando entra nello studio e si siede sul divano.

Io non mi siedo. Sono troppo inquieto e pieno di energia da sfogare per potermi rilassare.

«Ieri sera Mark e io abbiamo litigato in modo piuttosto acceso» rivela Hannah. Le sue mani sono strette davanti a sé. Si mordicchia il labbro inferiore.

Smetto di camminare e mi metto a qualche metro di distanza, inchiodandola con lo sguardo. «E?» sta chiaramente tralasciando qualcosa.

«Si trattava di te» confessa.

Faccio un passo indietro, sorpreso dalla sua osservazione. «Fammi indovinare, si è ingelosito perché ti ho riaccompagnata a casa?» cerco di capire quale possa essere il problema.

Pensa che lei lo tradisca? È per questo che hanno litigato?

Mi fa cenno di raggiungerla e sedermi sul divano.

La assecondo e mi siedo accanto a lei, in attesa di una sua spiegazione.

«Si tratta di Bay» ammette Hannah.

«Bay? Cosa c'entra tua figlia con tutto questo? Si è arrabbiato perché non sei tornata a casa dopo il lavoro?» Sto solo cercando di capire cosa sia successo ieri sera, ma lei non mi sta di certo aiutando. Non me la racconta giusta. *Perché? Cosa nasconde?*

Mi siedo sul divano accanto a lei e mi prende le mani nelle sue.

«Mamma! Mamma! Mamma!» Bay corre nello studio. «Vasino!» strilla.

«Scusa!» dice Madisyn inseguendo Bay.

«Le faccio vedere dove si trova il bagno» dice Madisyn. «Vieni Bay.» Tende la mano in modo che Bay possa afferrarla e seguirla. Ma Bay non si muove. Vuole che sia Hannah ad accompagnarla.

«Non c'è problema. Ci penso io. Puoi indicarmi la direzione giusta?» dice Hannah alzandosi e stringendo la mano di Bay.

«Sì.» Mi alzo e conduco Hannah e Bay in corridoio. Giriamo subito a destra e il bagno è la seconda porta a sinistra. Apro la porta e accendo la luce per Bay.

«Mamma» dice Bay, trascinando Hannah in bagno con lei.

«Grazie» dice Hannah e chiude la porta.

Mi guardo intorno. Il complesso è relativamente vuoto per essere un sabato sera. Nikita e Anton sono usciti a bere qualcosa. Questo significa che stasera andranno a caccia di belle gnocche. Sarei uscito con loro se Hannah non fosse venuta a cena. Forse dovrei prendermi anch'io una serata libera e schiarirmi le idee. Lei mi confonde e mi fa desiderare cose che non dovrei volere.

«Hai fame?» dice Madisyn, avvicinandomisi furtivamente da dietro. Non l'ho sentita arrivare. La ragazza è silenziosa come un gatto.

Mi giro per affrontarla, ma ignoro la sua domanda. Non mi sta chiedendo se abbia fame di cibo. Perché pensa che tra me e Hannah possa succedere qualcosa? A che gioco sta giocando?

«Perché non controlli a che punto sia la cena e ti assicuri che la sala da pranzo sia apparecchiata?» chiedo nel tentativo di togliermi Madisyn dai piedi.

Mikhail mi ha dato l'ordine di tenere d'occhio Hannah. Madisyn, invece, è una *sua* responsabilità. Non mi fido ancora completamente di lei, visto che lavorava per l'FBI. Chi ci assicura che non ci tradirà?

Si è dimostrata fedele a Mikhail, il che dovrebbe essermi sufficiente per fidarmi di lei. Tuttavia ho le mie riserve, che però tengo per me: non ha senso turbare il Pakhan.

«Posso aspettare io Hannah» dice Madisyn.

«Mikhail mi ha ordinato di tenerla d'occhio.» I suoi ordini non sono un segreto, non quando c'è in gioco la sicurezza dei suoi uomini. Madisyn dovrebbe ormai saperlo.

«Va bene» emette un rumoroso sospiro mentre attraversa il corridoio e si dirige verso la sala da pranzo.

Hannah apre la porta del bagno e Bay si precipita fuori, passandomi accanto.

«Scusa» dice Hannah. Insegue la bambina e la prende in braccio per impedirle di correre all'impazzata.

La conduco nella sala da pranzo. Mikhail e Madisyn si stanno sistemando a tavola, Mikhail apre una bottiglia di vino e ne versa un bicchiere a ciascuno.

«Mi dispiace» si scusa Hannah. «Bay di solito non è così chiassosa.»

Mikhail si costringe a sorridere. Non è mai stato particolarmente legato ai nipotini, neanche quando vivevano sotto il suo stesso tetto. Non avrei mai pensato di vederlo diventare padre e crescere un figlio. E anche se ancora non si vede, Madisyn è incinta. Prima o poi il bambino arriverà e posso solo immaginare come Mikhail gestirà la situazione.

Mi passo una mano tra i capelli e faccio del mio meglio per scacciare un ricordo tetro dalla testa.

«Probabilmente ha solo fame» sollevo un pezzo di pane dal cestino sul tavolo. Il personale ci porta i primi, ma Bay non resisterà a lungo se ha così fame. «Posso?» chiedo il permesso di Hannah prima di porgere il panino a Bay.

Hannah fa un breve cenno e Bay prende il panino come se non mangiasse da secoli. La cosa sembra funzionare perché si concentra sul cibo.

«Siediti» aiuto Bay a sedersi al tavolo. Hannah prende posto accanto a lei e io mi siedo tra Hannah e Mikhail. Tuttavia, la maggior parte dell'attenzione di Mikhail sembra essere rivolta a Madisyn.

Guardo Hannah mentre avvicina una mano al bicchiere di vino, il suo anello di fidanzamento con diamante brilla sotto le luci del candelabro. *Come ho fatto a non vedere quella pietra, ieri sera, al bar? La indossava?*

Non sono l'unico a notare l'anello.

«Madisyn mi ha detto che stai per sposarti» Mikhail rompe il ghiaccio. «Hai già scelto dove celebrare la cerimonia?»

Prendo il mio bicchiere di vino, ho bisogno di qualcosa che mi impedisca di rabbrividire. Sorrido, nella speranza che nessuno si accorga di quanto sia finto il sorriso che mi sono stampato sulla faccia.

La sua fronte si aggrotta e le labbra si stringono. «Sinceramente, non ne ho idea.»

La cena viene servita e Hannah si occupa del piatto di Bay, tagliando il cibo per la piccola tigre, ma lasciando che si nutra da sola.

Mi schiarisco la gola e faccio roteare il vino nel bicchiere. Dovremmo allontanare la conversazione dal suo fidanzato e dalle sue imminenti nozze. Hannah non vuole parlarne e io non sono sicuro di volerne sentire i particolari a cena. L'argomento mi farebbe perdere l'appetito probabilmente.

«Da quanto tempo lavori al centro medico della dottoressa Steele?» chiedo, guardando Hannah.

Lei emette un leggero sospiro e le sue spalle si rilassano. «Da sette anni. E voi di cosa vi occupate? Madisyn non me l'ha mai detto» Hannah ingoia un piccolo boccone. Per lo più si limita a spingere il cibo nel piatto e tiene lo sguardo fisso su Bay.

Madisyn sa che facciamo parte della Bratva, ma le persone che non appartengono della nostra organizzazione e che sono a conoscenza dei nostri affari sono pochissime.

«Compriamo e vendiamo merci» risponde Mikhail prontamente prima che possa replicare.

«Oh, quindi siete degli intermediari?» chiede Hannah, dedicandogli tutta la sua attenzione.

Madisyn dà un grosso morso al suo panino e guarda altrove, nel tentativo di distrarsi. Sta cercando di non ridere. Ma infilarsi altro cibo in bocca non sembra aiutarla particolarmente.

Come diavolo faceva a essere un'agente dell'FBI?

«Qualcosa del genere» dico, guardando Hannah.

La brunetta dagli occhi azzurri è innocente; non ha idea di cosa facciamo per vivere, ed è meglio così. Dubito che avrebbe portato Bay con sé se avesse saputo che siamo degli assassini. Non siamo killer a sangue freddo. Ho ucciso sempre per un solo motivo. Il tradimento della famiglia.

# OTTO

*Hannah*

La cena va meglio di quanto mi aspettassi, considerando che Bay vuole correre ed esplorare ogni stanza della villa.

Mikhail si congeda subito dopo la cena e bacia Madisyn prima di uscire di corsa dalla sala da pranzo. Sembra un uomo in missione. Lavora a tutte le ore della notte? È così che può permettersi una casa così lussuosa?

«È arrivato il momento delle chiacchiere! Solo donne ammesse» dice Madisyn.

Mi si chiude lo stomaco. Vorrà sapere se ho detto a Luka di Bay.

Non l'ho fatto. È così caloroso e gentile. Ho paura di come potrebbe reagire. Non voglio pensare all'eventualità per cui Mark avesse ragione e dire la verità a Luka si rivelasse un terribile errore, ma le sue parole continuano a risuonarmi ininterrottamente nelle orecchie, un film in ripetizione perenne nella mia testa.

Seguo Madisyn nello studio e porto con me Bay, che tuttavia è un po' nervosa.

«È stato bello rivederti» dico a Luka. Devo dirgli la verità. Merita di saperla da me.

«Io e te non abbiamo ancora finito.»

*Cosa intende dire? Madisyn gli ha detto di Bay?*

Sono contenta di non aver mangiato molto a cena, perché dopo questa affermazione non sarei riuscita a tenere niente nello stomaco. Lui sparisce nel corridoio e io entro nello studio con Madisyn.

Accende le luci e fa cenno di accomodarci sul divano.

«Giù» brontola Bay, che si contorce per essere liberata dalla mia presa.

Le metto i piedi a terra e lei si precipita alla finestra e si mette a fissare il buio della notte. Non c'è molto da vedere, ma qualcosa deve aver catturato la sua attenzione e questo mi basta.

Mi metto a sedere sul divano e Madisyn mi raggiunge. «Gliel'hai detto?»

«Mark non vuole che glielo dica. Ieri sera abbiamo litigato di brutto e dopo il lavoro le cose non sono andate meglio, anzi...»

«Ha alzato le mani?» chiede Madisyn. La sua espressione è cupa mentre mi osserva dalla testa ai piedi.

«Apprezzo la tua preoccupazione, ma posso gestire Mark.»

Luka si schiarisce la voce mentre si affaccia dalla porta aperta. Porta con sé una scatola. «Ho portato alcuni giocattoli giù dalla soffitta. Magari a Bay potrebbe far piacere giocarci» dice.

Gli occhi di Bay si illuminano e si precipita verso Luka, mentre lui si china per mettere la scatola di cartone sul pavimento.

Bay infila le sue manine nella scatola e tira fuori una volante della polizia e un camion dei pompieri di plastica.

«Come si dice?» chiedo a mia figlia.

«Grazie» risponde lei, che a malapena si rende conto della presenza di Luka, tutta concentrata sul far sfrecciare i veicoli di plastica sulle assi di legno del pavimento.

«Non c'è di che» dice Luka e fa un piccolo sorriso. «Vi lascio alla vostra privacy» e si dirige verso l'uscita dello studio per poi chiudersi la porta alle spalle.

Mi accerto che se ne sia andato e che non sia dall'altro lato della porta a origliare. Anche se forse, con una porta tra noi, sarebbe più facile dirgli la verità.

«Mark è arrabbiato con me in quanto sono venuta qui stasera, perché gli ho detto che c'era anche Luka e che voglio dirgli la verità.»

Madisyn solleva le gambe sul divano e si siede di fronte a me. «Non è una scelta che spetta a Mark.»

«Lo so, ma stiamo per sposarci. L'ultima cosa che voglio è litigare con lui in questo momento. Sono sicura che è solo lo stress del matrimonio che si avvicina.»

«Il matrimonio che ti lascia organizzare da sola?» la mia amica bionda arriccia le labbra. «Ho cercato di tenere per me quello che penso, ma forse dovresti riconsiderare l'idea di passare il resto della tua vita con lui.»

«Madisyn!» Non riesco a credere alle sue parole.

«Lo ami?» chiede lei, andando dritta al punto.

Lo amavo quando mi ha chiesto di sposarlo. O almeno, pensavo di amarlo, ma più tempo passiamo insieme, più mi rendo conto che mi sto semplicemente accontentando.

Evito di rispondere alla sua domanda, anche se questa è di per sé una risposta molto evocativa. «Se dico a Luka la verità, Mark potrebbe non perdonarmi mai.»

«Non puoi nascondere a Luka un segreto del genere. Devi dirgli la verità.» Gli occhi di Madisyn si stringono mentre il suo sguardo si sposta da me a Bay. «Se non glielo dici tu, glielo dirò io.»

«Ho intenzione di dirglielo. Solo che non so cosa potrebbe succede a casa se glielo dicessi.»

«Devi fare ciò che è meglio per Bay» dice Madisyn.

Ha ragione. So che ha ragione. Ero convinta di voler dire a Luka la verità, ma Mark è riuscito a farmi crollare ogni certezza e a farmi riconsiderare le mie priorità.

«Guardo Bay se vuoi parlare con Luka.»

Ho la bocca secca e la voce roca. «Adesso?»

«Non c'è momento migliore del presente» afferma Madisyn. I suoi occhi marroni brillano come se il mio tormento le piacesse in un certo qual modo. «Togliti il pensiero. Come un cerotto, strappalo via.»

Respiro nervosamente e mi alzo. «Sì, hai ragione.» Stasera sono venuta qui per dire a Luka di Bay. «Mark si incazzerà» mormoro.

«Che si fotta» dice Madisyn, alla quale non sfugge la mia osservazione.

Faccio un sorriso e mi dirigo verso la porta. Bay non sembra nemmeno accorgersi che me ne stia andando. È affascinata dai giocattoli che Luka ha portato per farla divertire. Spero la tengano abbastanza impegnata e non diventi troppo impegnativa per Madisyn.

Quando apro la porta vedo Luka in piedi di fronte a me, con la schiena appoggiata al muro del corridoio. Tutta la sua concentrazione è rivolta al telefono.

Alza lo sguardo nel momento in cui apro la porta, e si infila il telefono in tasca. «Hai bisogno di qualcosa?» chiede Luka.

«Sì, in realtà. Vorrei parlarti in privato.» Muovo le mani, giocherellando ansiosamente con le dita, incapace di tenere a bada l'adrenalina che inizia a scorrermi nelle vene.

Luka guarda qualcosa alle mie spalle, lo studio occupato da Madisyn e Bay. «Che ne dici di trovare un posto più tranquillo?» suggerisce. Mi afferra delicatamente il braccio e io trasalisco.

Non lo faccio apposta, ma probabilmente Mark mi ha lasciato un livido. Non ha fatto male finché Luka non mi ha toccata proprio in quel punto.

Affila lo sguardo, apre una porta, accende la luce e mi fa cenno di entrare. È un ufficio caratterizzato da una lunga scrivania in mogano al centro della stanza, schedari neri appoggiati contro la parete e un armadio dietro la scrivania, con una elegante serratura a impedirne l'apertura. C'è un divano in pelle appoggiato contro la parete.

Chiude la porta alle mie spalle. Non ci sono finestre e nessuno può sentire la nostra conversazione con la porta chiusa.

Sospiro. Lo stomaco mi brontola e non riesco a calmare i nervi.

«Si tratta di Mark?» chiede Luka. La sua voce è gentile e delicata, tenera. Si avvicina e con una mano mi posiziona una ciocca di capelli ribelle dietro l'orecchio.

«Si tratta di Bay» dico.

Gli angoli delle sue labbra si piegano. «Sta bene?» dal tono capisco che è preoccupato per lei. Si appoggia al bordo della scrivania, che sostiene il suo peso. «Mi è sembrato che si sia divertita stasera. Sta... sta male?»

Tiro un sospiro di sollievo. Per fortuna Bay è in salute. «Bay sta bene. È tua figlia» sbotto, incapace di fermarmi e di formulare in modo diverso la mia confessione. Pensavo che gli avrei detto che avevo cercato di contattarlo, trovarlo, rintracciarlo, ma non sapevo dove vivesse, dove lavorasse e nemmeno il suo cognome. E invece...

«Cosa?» Luka sgrana gli occhi come se gli avessi appena dato uno schiaffo in faccia.

«Quando noi... quella notte di diversi anni fa. Lei è il risultato» dico. Non è una frase molto eloquente, ma fa il suo dovere.

«E me lo dici solo ora?» Si allontana dalla scrivania. L'ufficio è piccolo, ma lui riesce comunque a camminare avanti e indietro da dietro la scrivania, tenendosi a debita distanza da me. Si allenta la cravatta.

Lo spazio è piccolo e piuttosto soffocante. Non è l'unico a sentirsi accaldato e intrappolato.

«Sono tornata al bar in cui ci siamo conosciuti, dove pensavo lavorassi. Nessuno sapeva chi fossi. E il numero di telefono che mi avevi lasciato, scritto su un tovagliolino di carta, è andato distrutto a causa di un bicchiere d'acqua.» Di certo non pensavo che avrei fatto bene a conservare il suo numero o che ci saremmo mai rivisti.

Luka esala un respiro angosciato. La sua espressione è cupa. «Perché me lo dici adesso?»

«Perché no?» lo blocco con lo sguardo. «Madisyn ha visto la nostra foto sul mio telefono. Mi ha detto che ti conosceva, che lavori per il suo ragazzo. Non mi aspettavo che venissi al bar con noi ieri sera.»

«Avresti dovuto dirmelo ieri.»

«Non è una conversazione che si fa a cuor leggero in un bar.»

Luka si passa una mano tra i capelli corti e neri. «Suppongo che non ci sia mai un buon momento per lanciare una bomba simile su qualcuno.»

Ha preso la notizia meglio di quanto mi aspettassi.

Rimane in silenzio e mi sembra di vedere gli ingranaggi al lavoro nella sua testa. Si toglie il cappotto e lo appoggia sulla sedia dell'ufficio. La calma che emana evapora rapidamente. «Per tutta la cena sei rimasta seduta accanto a me e mi hai fatto credere che fosse la figlia di qualcun altro» il suo tono di voce si alza mentre parla.

«Te lo sto dicendo adesso.» Faccio un passo indietro e sbatto contro la porta, con il pomello che mi scava dentro la schiena.

«Perché?» chiede Luka in modo burbero. «Hai bisogno di soldi? È per questo che sei venuta da me?»

«Certo che no!» allungo una mano dietro di me per afferrare la maniglia e faccio un passo avanti, quel tanto che basta per aprire la porta e scivolare fuori. «Mark aveva ragione. Dirtelo è stato un errore» mormoro, ma non mi preoccupo di tenere la voce particolarmente bassa.

«Torna qui!» grida Luka.

Non lo ascolto. È già abbastanza grave che io debba gestire gli scatti d'ira di Mark. Non voglio assistere anche agli sfoghi di Luka. Mi precipito in corridoio e mi infilo nello studio per sollevare Bay dal pavimento.

«Mettimi giù!» Bay si dimena e scalcia nel tentativo di sottrarsi alla mia presa.

«È ora di andare» le annuncio, portandola con me in corridoio.

Madisyn salta giù dal divano. «Che cosa è successo?» mi insegue mentre mi dirigo verso l'ingresso per recuperare i cappotti.

«Devo tornare a casa prima di trasformarmi in una zucca.» Recupero le chiavi della macchina dalla tasca, clicco sul pulsante di accensione automatica e lascio che l'auto si riscaldi.

Madisyn è subito dietro di me. Prende gli stivali di Bay e la aiuta a indossarli mentre io apro l'armadio per prendere i cappotti.

Luka mi segue. «Dobbiamo parlare» ha la mascella serrata. Incrocia le braccia sul petto. I suoi bicipiti si tendono attraverso la camicia bianca.

Sta bene senza giacca e cravatta, e la mia mente vaga e torna a noi due, a quella notte, al mio corpo avvolto al suo, alla mia schiena contro la porta, contro al frigorifero, ovunque tranne che sul letto.

Non dovrei nemmeno pensare al sesso con Luka Ivanov. Sono fidanzata.

«Devo tornare a casa» taglio corto e gli passo accanto per recuperare il cappotto di Bay. Mi chino per aiutarla a infilarsi la giacca, poi sfilo la mia dalla gruccia. Indosso gli stivali, metto il cappello a Bay e le infilo guanti.

«Grazie per la cena» mi congedo e saluto Madisyn con un rapido abbraccio.

«Grazie a voi per essere venute. Ci vediamo domani al lavoro.»

Prendo Bay in braccio e mi precipito fuori.

Luka mi segue a ruota, fino alla macchina. Sblocco la portiera posteriore con l'apposito pulsante e Luka me la tiene aperta mentre infilo Bay nel suo seggiolino e la sistemo.

«Se non sei in cerca di soldi, allora perché mi hai detto di lei?»

Chiudo la portiera dell'auto e infilo le mani in tasca. L'aria è gelida, ma non è più pungente dell'umore di Luka.

«Pensavo che avresti voluto sapere di avere una figlia, che avresti voluto anche essere un padre per lei.» Pensavo che permettere a Luka di conoscere Bay e dare a mia figlia la possibilità di conoscere il suo padre biologico fossero le cose giuste da fare.

Mi pizzico la punta del naso e mi appoggio alla portiera dell'auto. «Senti, non voglio niente da te. È stato un errore venire qui e parlarti di Bay. Lascia perdere. Non pensarci più, ok? Puoi continuare la tua vita ignorando beatamente di avere una figlia.»

Luka ringhia e si appoggia a me, il suo corpo mi intrappola contro la portiera fredde dell'auto. «Non è giusto. Non sapevo di avere una figlia fino a pochi minuti fa.»

È talmente vicino che posso sentire il suo respiro caldo abbattersi sulle mie guance e rabbrividire per la vicinanza.

«Merito di poter conoscere Bay» dice.

Appoggio delicatamente una mano sul suo petto e lo spingo indietro, ho bisogno di spazio. «Ne possiamo parlare un'altra volta.»

«Quando?»

Non ci avevo pensato sinceramente.

«Domani lavori?» mi chiede.

«Sì, ma ho il lunedì libero.»

«Passa lunedì pomeriggio. Mandami un messaggio quando stai per arrivare, così mi assicurerò di essere libero per tutto il tempo necessario» Mi tende la mano. «Mi daresti il tuo telefono?»

Tiro fuori il cellulare dalla tasca e faccio una smorfia vedendo la mezza dozzina di chiamate perse e i quattordici messaggi non letti che Mark mi ha lasciato. Non è mai stato particolarmente appiccicoso, ma mi si rivolta ugualmente lo stomaco.

«Qualcuno è popolare stasera» Luka ha notato le notifiche sul mio schermo.

«Già.» Non voglio parlarne. Diavolo, non voglio andare a casa e occuparmi della situazione con Mark, ma non posso nascondere la testa sotto la sabbia.

Passo a Luka il mio telefono e lui inserisce il suo numero di cellulare. «Mandami un messaggio quando sei per strada.»

«Lo farò. Verrò dopo pranzo, verso l'una» gli comunico.

«Va bene.» Mi porge il telefono e si china, il suo respiro si mescola al mio.

Inspiro affannosamente e lui mi sfiora la guancia con le labbra. «Fai attenzione» sussurra. Poi avvicina le labbra al mio orecchio: «E se il tuo ragazzo ti tocca con un dito, lo uccido».

# NOVE

*Luka*

*Il Giorno Dopo...*

Nikita fa capolino nel mio ufficio. «C'è qualcuno per te» annuncia.

«Davvero?»

Hannah non dovrebbe passare prima di domani. Mi allontano dalla scrivania e mi dirigo verso il corridoio.

Cosa ci fa *lei* qui?

Hannah e Bay sono in piedi all'ingresso della porta principale, con una valigia in mano. Hannah trema e Bay è aggrappata alla gamba della madre. Non ho mai visto la bambina così spaventata. Ieri era così spumeggiante e piena di vita, voleva esplorare ogni centimetro del complesso.

«Vieni dentro» mi inginocchio e aiuto Bay a togliersi il cappotto.

Hannah rimane lì, immobile. Terrorizzata.

Ucciderò chiunque le abbia fatto questo.

Hannah non dice una sola parola. Le trema il labbro inferiore e io lancio un'occhiata a Nikita. «Vai a cercare Madisyn.»

La sua fronte si aggrotta, ma segue il mio ordine e si affretta a salire le scale.

Tolgo a Bay il cappello, i guanti e gli stivali nel mentre che Madisyn scende le scale.

«Oh mio Dio!» la voce di Madisyn si diffonde nel corridoio, e si precipita verso la porta d'ingresso. «Oggi non sei venuta al lavoro.»

«Non mi ha lasciata uscire» sussurra Hannah. La sua voce si rompe, ma cerca di trattenere le lacrime. Per la tranquillità di Bay, immagino.

«Cosa?» ho sentito bene?

Mi ribolle il sangue e per la sorpresa lascio cadere a terra la giacca di Bay. Mi chino e racolgo il cappotto viola dal pavimento.

Sarà meglio che quel dannato matrimonio sia saltato.

Non permetterò nel modo più assoluto che lei se ne vada e torni da lui. Di certo non con mia figlia. Tuttavia, ha portato con sé una valigia. Forse ha intenzione di rimanere qui. Hannah ha detto appena due parole. Le trema il labbro inferiore e sembra sotto shock.

Mikhail non sarà contento se Hannah ha davvero intenzione di rimanere nel complesso. Dovrei parlargli prima che lo faccia Madisyn, e spiegargli la situazione.

*Ma qual è la situazione, cazzo?*

Hannah non ha detto quasi nulla da quando ha messo piede in casa. Guardo fuori dalla finestra. Non c'è traccia della sua auto. *Come è arrivata fin qui?*

«Dammi pure» dice Madisyn e prende il cappotto di Bay dalle mie mani. Porta gli indumenti verso l'armadio in corridoio, vi appende dentro la giacca e infila i guanti nelle tasche.

«Lascia che ti prenda il cappotto. Puoi restare qui per tutto il tempo che ti serve.» Non so perché abbia fatto un'offerta così generosa senza prima consultare Mikhail, tuttavia ormai le parole mi sono uscite di bocca ed è tardi per ritrattare.

È nei guai e ha bisogno del mio aiuto.

Le sue labbra si schiudono, ma non segue alcun suono. Mima con la bocca un semplice *grazie*.

Si sbottona il cappotto e io la aiuto a sfilarselo, poi però noto una macchia intorno al collo. «È un livido?»

Quel bastardo le ha alzato le mani? Il mio respiro si fa più rumoroso e denso, mentre la rabbia sale in superficie.

Hannah solleva il colletto della camicia, ma non riesce a nascondere il segno che Mark le ha lasciato. Solo un codardo usa la violenza per intimorire e minacciare una donna.

«Lo ucciderò.» Non è una minaccia vuota. Seppellirò vivo quello stronzo. Chiunque faccia del male a Hannah dovrà vedersela con me.

Tiro fuori le chiavi della macchina dalla tasca dei pantaloni. Non ho intenzione di starmene con le mani in mano. Mark ha fatto del male a Hannah. Deve pagare per quello che ha fatto.

Hannah sgrana gli occhi azzurri, il suo respiro si fa affannoso.

Madisyn si schiarisce la gola e mi guarda. «Non pensarci nemmeno.»

*Che diavolo ho fatto?*

«Tieni d'occhio Bay, io porto Hannah di sopra e l'aiuto a sistemarsi» Madisyn non aspetta la mia risposta. Fa cenno a Nikita di prendere la valigia dell'amica.

Nikita recupera senza dire una parola il suo unico bagaglio e lo porta di sopra.

Da quando è Madisyn quella che comanda?

«Vuoi che resti qui e lasci che il bastardo che ha alzato le mani sulla tua amica la faccia franca?» non è così che agisco. Merita di pagare per quel che ha fatto e io sono la persona giusta per infliggergli la punizione.

«Ti prego, no.» Lacrime amare iniziano a scendere lungo la guancia di Hannah e a queste seguono quelle di Bay. Hannah mi guarda, le trema il labbro inferiore e ha gli occhi pieni di lacrime. «Tieni d'occhio Bay.»

Come posso dirle di no?

Mi inginocchio per parificare l'altezza di Bay. «Ciao» dico con un sorriso imbarazzato. Non è la prima volta che ho a che fare con un bambino. La sorella di Mikhail ha vissuto con i suoi gemelli nel complesso durante i loro primi anni di vita, finché non si era riunita con il padre dei bambini.

Bay si asciuga le lacrime dal viso con il dorso della mano. «Mi ricordo di te» dice.

Lo spero bene, abbiamo cenato insieme solo ieri.

La bambina continua a fissarmi con gli occhi spalancati, scossa dai singhiozzi.

«Brava» dico e sospiro. «Che ne dici, ti troviamo un fazzoletto?»

Bay annuisce vigorosamente e questo mi basta. Almeno la bambina non mi si oppone e non mi implora di lasciarla al fianco di sua madre.

Madisyn prende la mano di Hannah e la guida su per le scale, mentre io conduco Bay nello studio approfittando della sua distrazione.

La scatola dei giocattoli è appoggiata alla parete e Bay corre verso di essa, estrae i veicoli di plastica e si butta a terra per mettersi a giocare.

Prendo la scatola di fazzoletti dal tavolo vicino, ne porto uno a Bay e glielo porgo.

Lei alza la testa verso di me e rimane in attesa. Hannah deve essere molto affettuosa con la bambina.

«Tieni.» Porgo il fazzoletto a Bay e la guardo mentre si tampona gli occhi, cercando probabilmente di imitare i gesti che fa sua madre quando le asciuga le lacrime.

Quando ha finito, butto il fazzoletto nella spazzatura e mi siedo sul divano vicino.

Bay non è particolarmente loquace stasera. È per via di quello che è successo nell'appartamento? Ha assistito a quello che è successo tra Hannah e il suo fidanzato?

Ingoio il groppo in gola.

Ha fatto del male anche a Bay? Fisicamente sembra star bene. Dal punto di vista emotivo, invece, non saprei dire.

«Qual è il tuo camion preferito?» le chiedo mentre sbatte l'autopompa contro la volante della polizia.

È proprio mia figlia, crea caos ovunque vada.

Lo stomaco si chiude per via della mia stessa ammissione e dei miei stessi pensieri, *mia figlia*. È mia figlia. Mi accovaccio e lei mi passa la volante della polizia.

Non sarebbe proprio la mia prima scelta, ma non ho intenzione di contrariarla. Non voglio vederla piangere di nuovo, e soprattutto non voglio che pianga a causa mia.

«Grazie.» Forzo un sorriso.

«Siediti!» mi ordina indicandomi il pavimento.

Mi butto a terra senza tante cerimonie e la raggiungo sul pavimento. Bay schianta la sua autopompa contro la mia volante della polizia.

«Papà dice che dobbiamo trasferirci.»

«Papà?» ripeto, confuso dalla sua osservazione. Lei solleva l'autopompa in aria come se fosse in grado di volare e la lascia cadere a terra.

«Non voglio trasferirmi a Cannon.»

*Cannon? Dove cazzo è Cannon? Hannah vuole trasferirsi? Ha intenzione di portare Bay via con sé?*

Lo studio è caldo e mi sembra che l'aria mi venga risucchiata via dai polmoni. Non posso più fingere che vada tutto bene e rimanere qui a giocare. «Rimani qui» appoggio la volante della polizia sul pavimento accanto a Bay. Mi alzo e mi precipito fuori dalla stanza, poi chiudo la porta scorrevole. Passo davanti a Nikita. «Resta fuori dallo studio e assicurati che Bay non esca» indico la porta chiusa dello studio in fondo al corridoio.

«Ci penso io» mi rassicura e si dirige nella direzione da cui sono appena arrivato. Mi dirigo verso la tromba delle scale e le scendo facendo due gradini alla volta.

Sospetto che Hannah sia nella camera vuota accanto a quella di Madisyn, ma ci sono parecchie stanze libere al secondo piano e un'altra mezza dozzina al terzo.

La camera da letto è chiusa, ma sento voci ovattate provenienti dal lato opposto. Busso con forza prima di aprire la porta con uno strattone.

Hannah è seduta sul letto e Madisyn è accanto a lei. Hannah sta piangendo. I suoi occhi sono rossi e gonfi mentre cerca di asciugarsi le lacrime passandosi rapidamente le mani sul volto, come se potesse nascondermi il suo dolore.

«Ti ho chiesto di tenere d'occhio Bay» mi rimprovera Hannah. Cerca Bay con lo sguardo. Pensa che l'abbia portata di sopra?

«È nello studio con una valanga di giocattoli. Sta bene. C'è Nikita che tiene d'occhio la porta, nel caso in cui dovesse uscire e venirti a cercare.»

Hannah stringe le labbra e annuisce. Esala un respiro affannoso e immagino che stia cercando di smettere di piangere.

«Bay ha accennato al fatto che state per trasferirvi.»

Si stringe il labbro inferiore tra i denti e lo rosicchia nervosamente, il suo sguardo va a Madisyn.

«Vuoi che vi lasci da soli un minuto?» chiede Madisyn.

Le spalle di Hannah si abbassano, le mani annidate in grembo. «Sì, per favore. Puoi andare a controllare Bay?»

«Certo, le faccio compagnia» Madisyn abbraccia Hannah prima di scendere dal bordo del letto e di superarmi, mentre si dirige verso la porta. «È fragile. Non osare farle del male» mi sussurra Madisyn all'orecchio mentre esce dalla stanza.

Non me lo sognerei mai. Non è lei la destinataria della mia ira. È quello stronzo del suo fidanzato, ex fidanzato ormai spero. Non la merita.

Madisyn esce silenziosamente dalla camera da letto e si chiude la porta alle spalle, lasciandoci soli.

«Dove diavolo è Cannon?» chiedo, incrociando le braccia sul petto. Ha intenzione di lasciare la città per allontanarsi da quel bastardo?

Aggrotta la fronte e arriccia il naso alla mia domanda. «Cosa?»

Sarebbe quasi carina se non mi irritasse il fatto che stia pensando di lasciare New York e che non mi stia dicendo la verità. «Bay mi ha detto che hai intenzione di trasferirti.»

Gli occhi di Hannah si illuminano quando capisce cosa le stia chiedendo. «È alle Isole Cayman.»

«Ti trasferisci?»

*Cazzo.*

«No, cioè, io non voglio» Hannah lascia cadere la testa tra le mani, il viso rivolto verso il basso. «Mark insiste sul fatto che dobbiamo trasferirci alle Cayman dopo il matrimonio.»

«Hai ancora intenzione di sposarlo?»

Mi siedo accanto a Hannah sul letto, le mie gambe sfiorano le sue mentre il letto si abbassa accogliendo il mio peso.

«No, ma non ho ancora rotto con lui. Sono scappata via con Bay non appena è andato a farsi la doccia.» La sua voce si incrina e io le cingo le spalle con un braccio.

Immediatamente, appoggia la testa sulla mia spalla ed emette un forte rantolo come se stesse cercando di non piangere. «Io sono qui, per qualsiasi cosa.»

Vorrei sbattere la testa di quello stronzo sul marciapiede, ma non credo che Hannah apprezzerebbe il gesto. Anche se ucciderlo potrebbe valere la pena del suo sguardo di disapprovazione, non voglio spaventarla.

«Grazie» Hannah emette un lungo sospiro.

Appoggia una mano sulla mia coscia e il cazzo mi si contrae nei pantaloni. Basta un semplice tocco da parte sua perché il mio corpo risponda e brami di compiacerla, ma non è questo ciò che lei vuole da me o di cui ha bisogno. Appoggio la mia mano sulla sua e mi ritrovo a fissare le nostre mani appoggiate delicatamente sul suo grembo.

L'adrenalina e il suo profumo pompano desiderio nell'aria. Mi schiarisco la gola e mi alzo in piedi, in modo da potermi schiarire le idee prima di fare qualcosa di stupido, come baciarla. È l'ultima cosa che potrebbe volere da me.

«Hai fatto un ottimo lavoro con Bay» dico, cercando di cambiare argomento.

Il suo sguardo si alza per incontrare il mio sguardo acceso.

«Voglio fare parte della sua vita.» Non so cosa si aspettasse Hannah da me quando mi ha rivelato che sono il padre di Bay, ma se le cose stanno così, non posso ignorare di avere una figlia.

«Certo. Immagino che vorrai fare un test di paternità» dice Hannah. «Anche se non potrebbe essere di nessun altro.» Distoglie lo sguardo e arrossisce. È in imbarazzo?

Voglio verificare che Bay sia sangue del mio sangue, ma non è una cosa che dobbiamo fare in questo momento esatto.

Sono a pochi metri di distanza da lei. Incrocio le braccia sul petto. «Vuoi dirmi quello che ti ha fatto quel bastardo? Perché per come la vedo io, dovresti sporgere denuncia o lasciare che vada a massacrarlo di botte.»

L'angolo della sua bocca si solleva. Pensa che stia scherzando? Sarei felice di far dissanguare lo stronzo che le ha fatto del male. So dove abita.

«Chiamare la polizia servirà a poco.»

«Ti ha lasciato quel livido» faccio un gesto verso il collo. «Ti ha lasciato anche altri segni?»

Alza il colletto della camicia, ma non serve a niente. Pensa di potermi nascondere quello che le ha fatto? «È stato un incidente.»

«No.» Mi avvicino a lei. «Non trovare scusanti per le sue azioni. Sapeva cosa stava facendo. L'hai detto tu stessa. Ti ha trattenuta contro la tua volontà. Stamattina non ti ha lasciato andare al lavoro.»

«Mark era arrabbiato con me. Ha insistito perché non ti dicessi di Bay. È stato questo il motivo del litigio. La situazione è degenerata quando mi ha detto che in fin dei conti non sarebbe cambiato nulla anche se te l'avessi detto perché dopo il matrimonio ci saremmo trasferiti alle Cayman.»

Odio questo ragazzo ancora di più. Non credevo fosse possibile odiare così tanto una persona. «Merita di prendersi un bel pugno in faccia.»

Hannah sorride debolmente. «Sarà anche vero, ma non devi difendere il mio onore.»

«Il matrimonio è annullato?» devo sentirle dire che non tornerà da lui.

«Lo voglio fuori da casa mia. Tu e Madisyn mi accompagnerete quando gli dirò di andarsene?»

Madisyn e Hannah non devono avvicinarsi a Mark neanche per errore. «Ce ne occuperemo io e Mikhail.» E se Mikhail fosse occupato, non ci sarebbero problemi in ogni caso: posso portare uno dei nostri soldati con me. «Sa dove alloggiate tu e Bay?»

Si passa la lingua sulle labbra. «Sono sicura che ci metterà poco a rendersi conto che sono da Madisyn, ma non conosce l'indirizzo e ho lasciato la macchina al complesso residenziale.»

«Come sei arrivata fin qui?»

«Ho preso un taxi fuori dal palazzo. Ho pensato che sarebbe stato più sicuro, in caso Mark cercasse di rintracciarci attraverso gli spostamenti della mia macchina.»

Bene, così non dovremo preoccuparci di abbandonare la sua auto da qualche parte o controllare se c'è un dispositivo di localizzazione. Do un'occhiata all'orologio. Io e Mikhail potremmo andare da Mark e intimargli di lasciare l'appartamento stasera stessa, ma non mi sentirei comunque tranquillo al pensiero di Hannah e Bay di nuovo in quella casa, neanche se cambiassimo tutte le serrature.

«Stanotte rimani qui. Parlerò con Mikhail e ci occuperemo di Mark domani. Devi andare al lavoro domattina?»

«No, sarebbe il mio giorno libero, il problema è che non mi sono presentata neanche oggi.»

«Ce ne occuperemo domani. Intanto annotami il luogo di lavoro di Mark, gli altri posti che frequenta e qualsiasi dettaglio tu conosca riguardante i suoi orari.»

Hannah ridacchia per la mia meticolosità. «Stai programmando di andare a prenderlo a calci nel sedere? Sei peggio di Madisyn. Lavora per uno studio contabile, ma non so dove esattamente. Non sono mai stata nel suo ufficio.»

«Scrivi tutto quello che sai.»

Non ha idea di quello che sono in grado di fare. Ma dubito che Hannah sarebbe d'accordo se io o Mikhail giustiziassimo quel bastardo. Inoltre, preferirei prenderlo a botte e fargli prendere un bello spavento.

«Domani è lunedì» dico, ricordandole che per la maggior parte delle persone è un giorno lavorativo. «Presumo che debba andare in ufficio. Sarebbe sconveniente per lui se ci presentassimo al suo posto di lavoro. Voglio scoprire l'indirizzo della sede e i suoi orari.»

«Vuoi umiliarlo di fronte a tutti?» la sua mano trema mentre la appoggia sulle ginocchia.

«Voglio solo mettere in chiaro che deve lasciarti in pace, prendere le sue cose e andarsene.»

Hannah si sentirà sicura a tornare nel suo appartamento dopo che Mark se ne sarà andato? Non mi va che torni lì, a meno che uno dei nostri uomini non stia fuori dalla sua porta a sorvegliare le mie donne ventiquattro ore su ventiquattro, sette giorni su sette.

«Mi sembra giusto» dice Hannah. Si alza e si asciuga gli ultimi residui di lacrime dalle guance, poi si avvicina a me.

«Vuoi andare di sotto a vedere come sta Bay? Avete mangiato qualcosa stasera?» chiedo.

«Ho dato a Bay degli snack, quindi, probabilmente, non avrà molta fame a ora di cena, e sinceramente nemmeno io ho molto appetito.» Apre la porta della camera da letto e io la seguo nel corridoio. «Stai spesso a casa di Madisyn?»

«A casa di Mikhail» la correggo.

«Giusto» dice. Hannah mi guarda mentre ci dirigiamo verso le scale, in attesa della mia risposta. «Sarebbe un sì?»

Come faccio a dirle che vivo qui, al piano di sopra, senza che si insospettisca e inizi a fare domande scomode su cosa faccio per vivere? Quale uomo comune abita con una mezza dozzina di uomini adulti a eccezione delle confraternite? Anche i miliardari dispongono di un servizio di sicurezza privata, ma gli uomini vanno a casa una volta terminato il proprio turno a fine serata.

Mikhail non è un miliardario, ma gestisce un impero e io lavoro per lui, tengo al sicuro la nostra casa e i nostri fratelli.

Evito la sua domanda. È più facile farla distrarre e cambiare argomento. «Ha sempre il frigorifero pieno» scherzo e scendo le scale, lasciando che mi segua. «Immagino che la sistemazione sia di tuo gradimento.»

«Sei evasivo. Mi piace che cambi argomento a tuo piacimento. E sì, apprezzo molto l'ospitalità. Dovrò ringraziare Mikhail personalmente.»

Mi raggiunge mentre mi avvio velocemente verso lo studio. Prima sarò in presenza di Madisyn e Bay, meno domande dovrò tentare di eludere.

«Mamma!» Bay alza lo sguardo dalla sua autopompa e fa cadere il giocattolo sul pavimento con un sonoro tonfo senza fare tanti complimenti.

Hannah attraversa di corsa la stanza e si china ad abbracciare Bay. «Ti stai divertendo con i tuoi nuovi giocattoli?»

Bay annuisce vigorosamente.

«È ora di prepararsi per andare a letto» dice Hannah. «Rimettiamo a posto i giocattoli?»

Madisyn mi prende da parte mentre Hannah aiuta Bay a rimettere nella scatola i giocattoli che ha tirato fuori.

«Cosa c'è?» chiedo.

«Mark ha chiamato e mandato messaggi ininterrottamente.»

Non mi sorprende, visto come lei è scappata e il comportamento generale di Mark. Probabilmente sta implorando Hannah di tornare a casa e le sta promettendo che non le farà mai più del male.

Madisyn tira fuori dalla tasca un cellulare. «È di Hannah. Mi ha chiesto di tenerglielo. Temeva di fare qualcosa di stupido.»

«È ancora acceso?» strappo il telefono dalla presa di Madisyn e mi dirigo in corridoio, togliendo la scheda sim in fretta e furia.

Come ha fatto a non pensarci? Doveva spegnerlo! Mark potrebbe aver già rintracciato la posizione di Hannah a quest'ora!

«Abbiamo compagnia» dice Mikhail, la voce burbera che rimbomba nel corridoio.

Chiudo la porta a soffietto dello studio per tenerle fuori da qualsiasi dramma stia per scatenarsi. «Sappiamo chi è?»

«Immagino sia l'ex di Hannah. Nikita mi ha detto che Hannah si è presentata qui. Probabilmente quello stronzo sta cercando sua figlia.»

«Bay non è sua figlia.» Non mi dilungo.

Mi avvicino alla finestra e do un'occhiata attraverso le tende aperte. È difficile vedere molto al buio, ma al di là del cancello scorgo un veicolo con i fari puntati su di noi.

«Chi sta sorvegliando il cancello?» chiedo, voglio sapere chi sia di turno all'ingresso a sorvegliare il complesso stanotte.

«Anton.»

Espiro pesantemente e mi pizzico la punta del naso.

«Sì, esattamente il mio stesso pensiero» dice Mikhail. «Se avessi saputo che Madisyn aveva portato a casa un problema, avrei rimosso Anton da quella postazione.»

«Sei preoccupato che Mark riesca a superare il cancello principale?»

Non mi sarei mai aspettato che Mikhail avesse delle rimostranze nei confronti di Anton. È un soldato fedele, ma giovane. Non ha molta esperienza del mondo, soprattutto in termini di spargimenti di sangue. Non che si debba arrivare a questo, anche se la morte di Mark mi eviterebbe il dramma di domani.

«Sono preoccupato perché probabilmente dovremo sostituire il cancello. Non mi sembra stabile al momento e potrebbe tentare di attraversare l'ingresso principale, senza curarsi del fatto che l'entrata sia chiusa. Come diavolo ha fatto a rintracciare Hannah?»

«Tramite il telefono. Ho rimosso la scheda sim poco fa.»

Mikhail non è uno che si tira indietro di fronte a una battaglia.

Nemmeno io.

# DIECI

*Luka*

Mikhail apre la porta d'ingresso e io lo accompagno fuori.

La macchina di Mark è parcheggiata proprio sul lato opposto del cancello, con i fari accesi, e lui ha lo sguardo fisso sul complesso.

«Ci libereremo di lui» dico.

Anton è in piedi fuori dalla cabina di sicurezza e sta parlando con Mark dal lato del conducente del veicolo nero a quattro porte.

Mark accende il motore. «Voglio parlare con Hannah!» grida. Il finestrino è abbassato e colpisce la portiera della macchina con la mano.

«Sarà meglio che lei ne valga la pena» mormora Mikhail sottovoce.

Non riesco a sentire la risposta di Anton dall'altra parte del cortile e non rispondo a Mikhail. La mia arma è carica e pronta a essere usata, anche solo per minacciare il bastardo. Supero Mikhail, e mi posiziono sul lato opposto del cancello di metallo. Non ho intenzione di aprire la porta a questo miserabile. Non deve avvicinarsi a Hannah o a Bay. Avevo intenzione di presentarmi in ufficio da lui domani, ma posso benissimo fargli il discorso che avevo in mente anche ora. Si riassume in tre parole: *lasciala stare cazzo.*

C'è un cancello più piccolo accanto alla cabina, richiede un codice per entrare e uscire. Digito il codice a sei cifre ed esco.

Mikhail mi segue e chiude il cancello.

Non voglio che Mark entri o si avvicini ulteriormente a Hannah e a mia figlia.

«Ti piace andare in giro ad aggredire le donne?» grido mentre mi avvicino alla sua macchina con passi lunghi e veloci.

Mark spinge la portiera, come per aprirla. Pensa forse di avere una qualche possibilità contro di me?

Anton si fa da parte, ma è armato e pronto a ogni eventualità. Sta aspettando un ordine di Mikhail o da parte mia per estrarre la pistola e metterlo in ginocchio.

Sarebbe semplice. Ma non ho intenzione di fare le cose in modo semplice, stasera. Mark merita di soffrire per quello che ha fatto, per aver ferito Hannah. Non mi piacciono gli uomini che maltrattano le donne.

Mikhail è proprio dietro di me. Riesco a percepire la sua presenza anche senza guardarmi alle spalle. Lascia che sia io a prendere il comando. Sa perché questo confronto è così importante per me?

«Non so di cosa tu stia parlando.» Mark fa finta di niente. Probabilmente non gli viene difficile, visto che è un idiota, ma questo non giustifica quello che ha fatto a Hannah o a Bay. «Fammi vedere mia moglie!»

Mi viene incontro, la testa bassa. Sta forse cercando di fare a pugni con me? Perché non ha nessuna possibilità di vincere, né tantomeno di colpirmi in maniera decente. Il suo alito puzza di alcol. Come diavolo ha fatto ad arrivare fin qui senza schiantarsi e morire?

Non potevo essere così fortunato, vero?

Lo allontano da me e lo spingo contro il suo veicolo, poi afferro con la mano sinistra la sua camicia. Non indossa la giacca ed è troppo ubriaco per accorgersi che fa freddo.

Sono pieno d'adrenalina per il fatto che si sia presentato qui. Mi ha fornito il perfetto sacco da boxe.

«Prima di tutto, non è tua moglie.» Mi disgusta il fatto che gli sia anche solo venuto in mente di chiamarla "sua moglie", come se lo riempisse d'orgoglio il pensiero di possederla. Lei non è un oggetto e, a dirla tutta, non sono ancora sposati.

Le sue parole si fanno più confuse, ma sono ancora in qualche modo comprensibili. «Tu devi essere Luka» mi dice Mark con un ghigno.

L'orgoglio mi pervade, se sa il mio nome è grazie a Hannah.

Lo lascio andare. Se non riesce a stare in piedi da solo, finisca pure culo all'aria sul marciapiede.

Barcolla per un attimo e poi si raddrizza.

Non confermo la mia identità. Non importa che conosca o meno il mio nome. L'importante è che lasci in pace Hannah e Bay.

«Ti piace minacciare le donne?» gli chiedo, estraendo la pistola dalla fondina e infilandogli la canna sotto il collo. «Ti piace far sentire Hannah in trappola, come se non potesse andarsene? Pensi davvero che tenerla in ostaggio ti dia potere su di lei?»

I suoi occhi sono vitrei e mi colpisce con le mani. Qualsiasi uomo sano di mente si irrigidirebbe se gli venisse puntata una pistola sotto il mento.

Ma Mark non è né sano di mente, né sobrio. Attribuisco la sua stupidità all'ebbrezza e di non essersi reso conto che sta giocando con il fuoco a sfidare la Bratva.

Non mi risponde. Apre la bocca, ma è rimasto senza parole, oppure è troppo ubriaco per formulare una risposta di senso compiuto. Mi piacerebbe pensare che fosse per via della prima opzione, ma sospetto che sia per via dell'alcol.

«Lascerai Hannah in pace. Non dovrai avere più alcun contatto con lei o con sua figlia. Sono stato chiaro?»

Mark sbuffa sottovoce.

«Sono stato chiaro?» gli infilo la pistola nel collo.

Mark deglutisce. «Cristallino» sussurra con voce acuta e stridula.

È nervoso? Bene. Voglio che si spaventi e si pisci addosso. È il massimo a cui posso puntare prima di rispedirlo nella sua macchina. Per oggi.

Il sudore gli luccica sulla fronte. Se gli viene un infarto, lo lascio qui fuori a morire. Sarebbe la cosa migliore per Hannah.

«E l'appartamento in cui abiti, è *l'appartamento di Hannah*» sottolineo che non è casa sua. «Prendi la tua roba e vattene. Se la disturbi o ti avvicini di nuovo a Bay, ti verremo a prendere e ti taglieremo il cazzo.»

Mikhail avanza e si mette al mio fianco. «Considerala come la cosa più gentile che ti faremmo» aggiunge.

«Voglio sentirlo dire da Hannah» dice Mark, anche se la frase esce più come un patetico piagnisteo che non come una richiesta.

Ritiro la pistola dal mento di Mark e gliela punto all'inguine. «A te la scelta. O la lasci in pace o ti sparo sul cazzo. Farei un favore a tutte le donne di New York.»

Mark alza le mani e barcolla un po' prima di appoggiarsi alla macchina per sostenersi. «D'accordo. Nessuna ragazza vale tutti questi problemi.»

Faccio un passo indietro, quanto basta perché Mark possa entrare in macchina e schiantarsi mentre torna a casa. Un ragazzo può sognare, no?

# UNDICI

*Hannah*

Esco dallo studio con Bay in braccio, pronta a portarla di sopra e a metterla a letto. Vedo un uomo molto alto in giacca e cravatta affacciarsi alla finestra, concentrato su qualcosa che sta accadendo fuori.

«Che succede?» chiedo.

Non c'è traccia di Luka. Dove è finito?

Madisyn mi si avvicina da dietro e lancia uno sguardo in direzione della finestra. «Ci pensa Nikita. Dovresti mettere Bay a letto.» Mi porta via dal corridoio e mi conduce verso le scale.

È Mark. Deve essere fuori a sbraitare affinché torni a casa.

Mi tremano le mani e stringo Bay al petto mentre mi affretto a salire le scale.

Madisyn mi segue a ruota. «Andiamo» ci accompagna al piano di sopra in modo da sottrarci alla vista. O almeno, presumo sia questo il suo piano qualora Mark dovesse riuscire a entrare.

Luka non lo lascerà entrare in casa. Proteggerà Bay, non è vero?

«Come ha fatto a trovarci?» chiedo.

Madisyn scuote la testa, non risponde alla mia domanda e tiene lo sguardo fisso su Bay. Le dà un'affettuosa pacca sulla schiena, mi supera e apre la porta della camera da letto. «Buonanotte, Bay» dice Madisyn, sfoggiando il più grande sorriso rassicurante che è in grado di fare.

Il mio stomaco si chiude. Vorrei sentirmi sicura e tranquilla, vorrei poter dire a Bay che va tutto bene.

Madisyn si chiude la porta della camera da letto alle spalle e faccio indossare a Bay il pigiama. Non ho portato molti vestiti o effetti personali.

Ho ficcato quanti più indumenti di Bay possibile in un unico bagaglio e una manciata di miei vestiti in modo che avessi qualcosa da indossare. Non potevo rischiare di perdere tempo a fare i bagagli con attenzione mentre Mark era sotto la doccia.

Ho accesso al mio conto in banca. Per fortuna non siamo ancora sposati. Non sono sicura di avere ancora un lavoro però, dopo che non mi sono presentata stamattina.

Me ne occuperò domani.

Tiro indietro le coperte e Bay si infila sotto le lenzuola. «Coniglietto» dice.

Prendo il suo peluche dalla valigia. Dorme con il suo giocattolo preferito da quando è nata. Non potevo lasciarlo indietro e rischiare un crollo da parte sua. Sono contenta di aver avuto l'accortezza di prenderlo quando ho fatto la valigia.

«Mamma» Bay mi fa cenno di avvicinarmi, io le rimbocco le coperte e la riempio di abbracci e baci prima di spegnere le luci e uscire silenziosamente dalla camera da letto.

Sarà anche l'ora di andare a letto per Bay, ma non lo è per me. Sono esausta, ma dubito che riuscirei a dormire.

Madisyn è in piedi nel corridoio, con la schiena appoggiata al muro.

Non pensavo che mi avrebbe aspettata. Mi dirigo verso le scale, lontano dalla porta della camera da letto in modo che Bay non possa sentirci. Voglio che si riposi senza le conversazioni degli adulti in sottofondo a tenerla sveglia.

«È davvero Mark quello di sotto?» chiedo.

«Fuori» mi corregge Madisyn. «Non è in casa. Puoi stare tranquilla, Mikhail non lo inviterà a entrare e non c'è modo che riesca a superare il suo esercito.»

«Esercito?» suppongo che stia solo cercando di farmi sentire meglio. Abbraccio Madisyn. «Grazie. Apprezzo tantissimo quello che stai facendo per me. Sei un'amica fantastica.»

«Lo so» commenta Madisyn con un ampio sorriso. «Non preoccuparti. Non permetterò che Mark si avvicini a te o a Bay. E sono certa che Mikhail e Luka faranno la stessa cosa. Fidati di me quando ti dico che questo posto è una fortezza.»

Mi trema il labbro inferiore mentre scendo le scale. Sono grata per le misure di sicurezza del complesso e per il cancello all'ingresso. Mi sembra tutto un po' eccessivo e non ho idea del motivo esatto per cui siano necessarie tutte queste misure, ma non mi interessa in questo momento.

La verità è che una piccola parte di me vuole dare un'occhiata fuori dalla finestra per vedere cosa stia succedendo, anche se so che non riuscirei a vedere granché. Fuori è buio e se non si stanno occupando di Mark proprio davanti alla finestra, probabilmente sarebbe impossibile per me vedere alcunché. Ma dovrei lasciare che sia Luka a gestire le cose con Mark, almeno per ora. Non sono pronta a parlare con lui delle ultime ventiquattro ore, non finché Mark sarà ubriaco e io non avrò dormito abbastanza da sentirmi di nuovo in forze.

«Andiamo» dice Madisyn e mi getta un braccio intorno alle spalle. Mi guida velocemente oltre la finestra e verso la cucina.

«Wow.» Questo posto è enorme. Voglio dire, non dovrei esserne sorpresa viste le dimensioni della casa, ma la cucina è più grande del mio appartamento. Il che, suppongo, non voglia dire granché. È anche immacolata. Immagino che Mikhail abbia assunto un aiuto, se non uno chef. «Sei sicura che Mikhail non sia un miliardario?» scherzo. In realtà, sono curiosa di sapere come possa permettersi una vita così lussuosa.

«Sicura, anche se potrebbe benissimo passare come tale visto che ha un intero staff che lo aiuta qui» risponde Madisyn. Apre il frigorifero e prende dell'uva. Mette la frutta nel lavandino e la lava prima di depositarla in una ciotola che appoggia sul bancone. «Mangia.»

«Non ho fame.»

Madisyn si mette all'estremità opposta del bancone. Prende un acino d'uva e lo infila in bocca. «Ti stai perdendo qualcosa di molto buono.»

Come fa a mangiare in questo momento? Probabilmente anche lei non riuscirebbe a mangiare se il suo fidanzato fosse impazzito e carcasse di sfondare il cancello e di trascinarla a casa.

Sento dei passi pesanti attraversare il corridoio. Rabbrividisco e mi guardo alle spalle mentre Luka entra in cucina.

«Il tuo ex è uno stronzo» dice Luka. Non si dà la pena di nascondere ciò che pensa di quell'uomo.

«Di solito non si comporta così» dico io. Non ho mai visto Mark atteggiarsi a quel modo. È sempre stato dolce e, onestamente, un po' insipido. Decisamente stacanovista, ma mai aggressivo o scortese fino a poche ore fa. È come se avesse schiacciato un interruttore e un pazzo si fosse impadronito di lui e avesse preso il controllo della sua mente e del suo corpo.

«Spero che tu non abbia intenzione di tornare da lui.» Lo sguardo cupo di Luka si inchioda al muro mentre mi osserva. «Puoi avere di meglio rispetto alla vita che ti si prospetta rimanendo al suo fianco» fa un passo avanti per mettersi accanto a me.

Sospiro e mi chino in avanti sul bancone, appoggio i gomiti sul marmo e il mento sulle mani giunte. «Non è così semplice.»

Si schiarisce la gola ed è impossibile non notare lo sguardo che Madisyn lancia a Luka. «Che c'è?» chiedo. Stanno portando avanti una conversazione silenziosa fatta di sguardi, e io ne sono esclusa.

Luka si schiarisce di nuovo la gola e Madisyn scuote sottilmente la testa.

Lascio cadere le braccia sui fianchi. «Smettetela, tutti e due! Se hai qualcosa da dire, dilla e basta, Luka» dico.

Luka chiude la distanza tra di noi. Se si avvicinasse ancora un po', mi finirebbe in grembo. La sua gamba sfiora la mia e le sue dita passano delicatamente tra i miei capelli prima che si posino sul mio mento e lo guidino verso l'alto affinché possa incontrare il suo sguardo. «Non tornerai da lui» la sua voce è ferma e il suo ordine è definitivo.

Il suo tocco scatena una vibrazione che pervade tutto il mio corpo e mi viene l'affanno. È una sensazione unica. Spero però che Luka non si accorga dell'effetto che ha su di me, del modo in cui il mio corpo risponde volentieri alle sue richieste.

Madisyn esce silenziosamente dalla cucina e ci lascia da soli.

Il cuore mi batte all'impazzata nel petto.

Luka non molla la presa sul mio mento. La sua mano mi accarezza dolcemente la gola. «Ti meriti di meglio» sussurra, e le sue labbra sono abbastanza vicine che posso sentire il suo respiro caldo sul viso.

Voglio baciarlo, ma tutto dentro di me grida che è troppo presto. Abbiamo già percorso questa strada una volta, e ha portato a Bay. Tutto ciò che farò da questo momento in poi dovrà essere per lei.

Il suo pollice tocca lentamente il mio labbro inferiore e il desiderio cresce dentro di me. Il respiro accelera e si fa sempre più affannoso. La cucina è calda e soffocante e mi sembra di essere precipitata in una sauna mentre vengo inondata dal calore.

«Non avrei mai dovuto lasciarti andar via» ammette Luka.

Il calore che si diffonde in me non è paragonabile a quello che posso aver mai provato con Mark. Mi avvicino e le mie labbra si separano. Desidero disperatamente baciare Luka, tirarlo verso di me e provare tutte le emozioni che ha da offrirmi, lasciando fuori il dolore. «Non possiamo» sussurro, lo sguardo incollato al suo.

Riesco a rompere l'incantesimo e la sua mano cade con delicatezza mentre fa un passo indietro.

«Hai ragione» si schiarisce la gola e guarda in direzione di Madisyn, o almeno, nella direzione in cui si trovava pochi istanti prima. Si è accorto solo ora che ci ha lasciati soli?

«Sono appena uscita da una relazione» gli dico a mo' di spiegazione. Non è che non voglia andare a letto con Luka. È che non possiamo farlo se si tratta di una cosa occasionale. Anche se, tecnicamente, sarebbe la seconda volta.

«Ottimo. Quell'imbecille non va bene per te» dice. La sua risposta è burbera. Non sorride, ma i suoi occhi non sono freddi.

«Non era molto bravo nemmeno a letto» faccio un sorriso distratto.

Luka soffoca la sua risata. «Mi dispiace per te» il suo viso si arrossa mentre si piega in avanti per riprendere fiato. Non si aspettava la mia osservazione.

È la verità e, anche se forse avrei dovuto tenermela per me, mi è sfuggita. «Non fa così ridere.» Mi acciglio e incrocio le braccia sul petto.

Fa un respiro profondo e si ricompone. «Hai ragione, *Zaya*. Non è per niente divertente. Una donna dovrebbe godere ogni momento quando viene scopata.»

«*Zaya*?» inclino la testa, incuriosita dal nome. Chi è *Zaya*? «Sei sicuro di non avere una fidanzata o una moglie nascosta qui intorno?» scherzo, do un'occhiata alle spalle e inciampo nello sgabello del bancone quando cerco di fare un passo.

Lui mi prende prima che possa fare la figura dell'idiota e cadere a terra.

Le sue mani forti e ruvide mi tengono stretta e la distanza che si era creata tra noi sparisce.

Le mani di Luka sono sui miei fianchi e il suo tocco mi fa venire le farfalle nello stomaco. Le sue dita mi accarezzano la pelle nuda tra l'orlo della camicia e i pantaloni. «Niente fidanzata o moglie» dice. «E spero che tu non pensi la stessa cosa della notte che abbiamo trascorso insieme.»

Mormoro per la delicatezza del suo tocco. Come per forza di gravità, mi avvicino sempre di più a lui, i nostri corpi praticamente si toccano. Ci vuole tutto l'autocontrollo di cui dispongo per mantenere una distanza accettabile tra noi.

«È stato tanto tempo fa» gli ricordo. Siamo delle persone diverse ora, rispetto a quando ci siamo conosciuti.

«Vuoi dirmi che non ti ricordi di quella notte?» chiede Luka. Sorride e abbassa lo sguardo, osservando a lungo il mio corpo vestito, ma sono sicura che mi stia ricordando nuda. Si china più vicino. Il suo respiro mi accarezza l'orecchio. «Ti ha fatto un favore a mostrarti la sua vera natura.»

«E quale sarebbe?» chiedo, tirandomi indietro solo leggermente, quel tanto che basta per incontrare il suo sguardo.

Lui distoglie lo sguardo con un sorrisetto. «Non dovrei comportarmi così. Hai detto chiaramente che vuoi che siamo solo amici. E io devo rispettare questa tua decisione.»

Non ho mai rimpianto così tanto una decisione in vita mia.

«Abbiamo una bambina e lei deve venire prima di tutto» dico. Bay è la mia priorità assoluta. Avrei sposato Mark soprattutto per lei, volevo darle una casa e una famiglia stabile. Il piano è miseramente fallito, ma i suoi bisogni rimangono più importanti dei miei.

Luka mi sposta una ciocca di capelli dietro l'orecchio. Il suo tocco riaccende una vecchia fiamma dentro di me. «*Zaya*, devi imparare a mettere te stessa al primo posto.»

Stringo le labbra.

Lui sorride. «Nessuna risposta spiritosa?» il suo tocco è rilassante e allo stesso tempo accende un fuoco che arde vigoroso dentro di me.

«Siamo d'accordo sul fatto di non essere d'accordo» dico. Se Luka pensa di potermi incantare con parole scelte con cura ed entrare in questo modo nel mio letto, si sbaglia di grosso.

Mi accarezza il collo con le dita prima di ritirare la mano. «Non sarai mai felice se insegui solo ciò che pensi la renda felice o di cui abbia bisogno.»

Voglio assicurarle la migliore vita possibile. Come può essere sbagliato questo mio desiderio? «Ha bisogno di stabilità.» Non si può discutere su questo. È qualcosa che io non ho avuto da bambina, e voglio darle una vita migliore della mia.

«E che mi dici delle tue esigenze?»

«Anche a me piacerebbe avere una casa, una famiglia stabile» sorrido.

«Trasferisciti qui, in modo permanente» dice Luka. Non c'è traccia di scherno sul suo volto. Nessuna risata che indichi che stia scherzando.

*Non può essere serio.*

La sua richiesta mi fa cadere la mascella. «Pensa a quello che mi stai chiedendo di fare. Non ci conosciamo nemmeno.»

«Ci conoscevamo abbastanza bene da andare a letto insieme» sostiene lui. Mi prende la mano.

Giuro che se si mette in ginocchio lo prendo a schiaffi.

«Voglio far parte della vita di Bay» mi stringe la mano.

«E farai parte della sua vita. Ma chiedermi di trasferirmi da te è un passo enorme.» Non si rende conto che andare a vivere insieme è un passo monumentale?

«Non deve esserlo per forza. Starò meglio al pensiero di averti qui, sapendo che non sei in quell'appartamento. Ho detto a Mark di lasciarti in pace, ma mentirei se ti dicessi che sono sicuro che prenderà il mio avvertimento alla lettera al primo tentativo. Non è così intelligente.»

«E Mikhail è d'accordo?»

«Lascia che a Mikhail pensi io» dice Luka. «Sarebbe un sì?»

# DODICI

*Luka*

Non so come abbia fatto a convincere Hannah a rimanere qui con me, ma ha accettato. Sempre che Mikhail sia disposto ad accogliere lei e sua figlia sotto il suo tetto. Se riuscissi a dimostrargli che è un bene per Madisyn, forse potrebbe accettare.

Busso alla porta dell'ufficio prima di entrare e chiuderla alle mie spalle.

«Luka» dice Mikhail alzando lo sguardo dal suo computer. «Che nottata, eh?» chiude il portatile e scrocchia le dita.

Mi siedo di fronte a lui sulla sedia di pelle nera. «Già.» Ha lavorato fino a tardi, quindi probabilmente

Madisyn sta scalpitando, ansiosa che la raggiunga al piano di sopra. «Speravo di poterti parlare della situazione con Hannah.»

«Quel tizio è uno stronzo di prima categoria. Sono contento che ti sia preso cura di lei. Il fatto che sia carina, poi, non guasta. O no?»

«Non ti ricordi di lei?» non so perché abbia pensato il contrario. Era con me quella sera al bar, ma non ha parlato con lei e sicuramente non ci è andato a letto.

«Dovrei?» chiede Mikhail, gli spunta un sorrisetto agli angoli delle labbra.

«Probabilmente no. Sono andato a letto con lei un paio di anni fa. Ho scoperto che la bambina, Bay, è mia figlia.»

«Merda» mormora Mikhail sottovoce. «Perché non ha provato a rintracciarti prima?»

«Pensava che lavorassi al club. In effetti quella sera sono andato dietro al bancone per prepararci da bere, quindi ha senso che l'abbia pensato. Ha perso il mio numero o qualcosa del genere e non è più riuscita a contattarmi.»

«Sei un padre quindi, eh?» Mikhail sorride. «Non pensavo avresti raggiunto un traguardo del genere prima di me.»

«Non pensavo fosse una gara.» Madisyn è incinta, ma ha ragione. Il fatto che io sia diventato padre da un giorno all'altro è stata una bella sorpresa.

«E quando mai non lo è?» Mikhail ridacchia. «Di cosa volevi parlarmi?»

Almeno Mikhail sembra essere di buon umore. «Non voglio che Hannah e Bay tornino in quell'appartamento.»

Lo sguardo di Mikhail si stringe. «Vuoi che restino qui, sotto il mio tetto?»

«Sì. Bay è mia figlia, sarebbe bello avere l'opportunità di conoscerla e di vederla crescere.»

Mikhail si pizzica la punta del naso. «Hannah non sa cosa facciamo per vivere. Questo potrebbe essere un bel problema, capisci?»

Questo pensiero mi è già passato per la testa. «Non lo scoprirà, capo. Madisyn non glielo dirà e io farò in modo di tenerla all'oscuro dei nostri affari.»

«Vivrà sotto il nostro tetto» dice Mikhail. «Vedrà sicuramente cose che non dovrebbe. Sei sicuro che sarà leale e non correrà dai federali?»

«Se avesse avuto anche solo il sentore di cosa facciamo per vivere, non avrebbe mai accettato di restare qui.»

«Non mi sorprende. Ti suggerisco di fare in modo che non lo scopra mai. Chiedile cosa le serva dal suo appartamento e fai in modo che il resto delle sue cose venga portato nel complesso o messo in deposito.»

«Sì, capo» dico e mi alzo.

«Un'altra cosa, Luka. Se verrà a vivere stabilmente qui, sappi che non ci dovranno essere drammi. Dovete darvi delle regole di base prima di gettarvi a capofitto in questo progetto.»

«Regole?» Di cosa diavolo sta parlando?

«Siete co-genitori? Amici di letto? Se lei volesse portare a casa un altro uomo, come gestiresti la situazione?»

Le mie mani si stringono a pugno. «Non porterà nessuno a casa.»

«Ottimo» dice Mikhail con un accenno di sorriso. «Oh, e chiederò a Nikita di fare dei controlli su Mark.»

«Perché? È fuori dalla vita di Hannah ormai» dico. Che senso ha scavare nel passato di un uomo che potrebbe anche essere morto per lei?

La mascella di Mikhail si stringe. «Consideralo un presentimento. Vorrai anche liberarti di lui, ma non credo sia abbastanza intelligente da andarsene al primo avvertimento.»

Sarà meglio che Mikhail si sbagli. «Ci penserò io stesso» dico.

«No» Mikhail alza una mano. «Sei troppo vicino a Hannah. È meglio che se ne occupi qualcun altro. Se non salta fuori nulla, Hannah non lo verrà mai a sapere.»

«E se invece salta fuori qualcosa?»

«In tal caso, sarà Nikita ad annunciare le cattive notizie» dice Mikhail.

———

Non riesco a trovare Hannah da nessuna parte. Tuttavia sospetto che sia chiusa in camera con Bay. Non voglio interromperla o disturbarla, soprattutto se Bay sta dormendo. Svegliare la bambina non mi farà garantirà punti in favore.

Non sono stanco. L'adrenalina mi scorre ancora nelle vene e ho appena trascorso un'ora e mezza in palestra a fare a pugni con un sacco da boxe. Dovrei essere esausto. Ma non lo sono. Il mio corpo è intorpidito, a partire dalle nocche ammaccate fino ad arrivare al cuore. Non dovrei sentirmi così, non dovrei pensare costantemente a Hannah e a Bay. Non aiuta il fatto che l'abbia invitata a vivere sotto il mio stesso tetto, anche se tecnicamente è casa di Mikhail. Sono in debito con lui, per la sua generosità.

Sono sudato dalla testa ai piedi, così afferro un asciugamano e me lo metto intorno al collo. Ho caldo e freddo allo stesso tempo. Ogni respiro è forte e rauco, mentre cerco di riprendere fiato dopo l'allenamento. Mantenersi in forma è d'obbligo. Sono un soldato della Bratva e darei la vita per gli uomini che ho giurato di proteggere.

Mi passo l'asciugamano tra i capelli e lo butto nella cesta dei panni sporchi mentre esco dalla palestra del complesso. Urto con forza Hannah mentre gira distrattamente l'angolo del corridoio. Non dovrebbe essere a letto?

Afferro le sue braccia con le mani per impedirle di cadere.

«Scusami» dice. Lo sguardo di Hannah vaga sul mio corpo e mi squadra dalla testa ai piedi.

«Non dovresti essere a letto?» le chiedo, le mani ancorate ai sui suoi avambracci. La mia presa è salda ma non dura, mentre con i pollici accarezzo la sua pelle nuda.

È in pigiama. È vestita in modo casual e comodo, in un modo che non dovrebbe essere per niente sexy, eppure ai miei occhi lo è: indossa una maglietta blu scuro e dei pantaloncini di flanella a quadri dello stesso colore che le scendono lungo i fianchi. I segni della violenza di Mark le ricoprono la clavicola e il collo. Giuro che riesco a distogliere lo sguardo dai lividi a forma di mano intorno alla sua gola.

La rabbia mi investe come un'onda anomala. «È stato lui a farti questo?» conosco già la risposta, ma faccio lo stesso la domanda, inorridito dal fatto che un uomo possa aver toccato Hannah in quel modo.

Ha usato la violenza per spaventarla. Per terrorizzarla. E per far sì che lei lo temesse. Che razza di animale farebbe del male a una donna per costringerla a rimanere al suo fianco?

La voce sommessa di Hannah interrompe il mio flusso di pensieri, ma non riesco a distogliere lo sguardo dai segni impressi sulla sua pelle. «Ha un aspetto peggiore di quello che è veramente» dice lei.

«Non giustificare le sue azioni.»

Hannah si sottrae alla mia presa e copre i lividi sistemandovi sopra i capelli.

«Non è quel che sto facendo» dice.

Nascondere i segni non li farà sparire. Se ne rende conto? Hannah sposta il peso da un piede all'altro, messa a disagio dal mio sguardo.

«Non riesci a dormire?» le chiedo. Perché si è alzata dal letto? È quasi mezzanotte.

«Sì, faccio sempre un po' di fatica ad addormentarmi in posti che non conosco.»

Probabilmente ha a che fare anche con quello che ha passato. Rilassarsi potrebbe aiutare. Se fosse mia, mi proporrei di farle un massaggio e poi le farei raggiungere un orgasmo pazzesco in modo da farla distendere e conciliarle il sonno. Invece, opto per la seconda soluzione più efficace. L'alcol.

«Vieni con me» le dico e le faccio cenno di seguirmi. La conduco nel mio ufficio e chiudo la porta dietro di lei. «Siediti.»

Ride sottovoce. «Mi sembra di essere stata convocata nell'ufficio del preside» scherza. Si siede di fronte alla mia scrivania e si rilassa sulla sedia di pelle.

«Succede spesso con Bay?» la bambina non sembra problematica, ma non sono stato molto a contatto con Bay, salvo qualche ora ieri sera. Oggi non l'ho quasi vista.

Un lieve sorriso si insinua agli angoli delle labbra di Hannah. «No.»

Sullo schedario nero dietro la mia scrivania c'è un piatto d'argento con una bottiglia di scotch e due bicchieri posati sopra. «Bevi lo scotch?» capovolgo i bicchieri e apro la bottiglia ambrata.

«Di solito no» dice Hannah. Il suo naso si arriccia alla mia domanda.

«Rimani qui» mi precipito in cucina. Il complesso è tranquillo a quest'ora della notte. Le guardie stanno facendo i loro turni, ma la maggior parte delle persone sta dormendo o si sta rilassando prima di andare a letto.

Prendo alcuni ingredienti dal frigorifero e dalla dispensa e torno con succo di limone, sciroppo e soda.

«A cosa serve tutta questa roba?» chiede Hannah. Non si è mossa dalla sedia. Ha le mani strette in grembo.

«A prepararti uno Scotch Collins.»

«Oh» la sua testa si inclina leggermente mentre studia i miei movimenti.

Porto gli ingredienti sul tavolo e preparo il suo drink spumeggiante. Il suo sguardo vispo rimane su di me per tutto il tempo. Anche se le do le spalle, sento che mi osserva e studia tutto quello che faccio. È una bella sensazione. Aver conquistato la sua attenzione, anche solo mentre sono nel mio ufficio.

«Ecco a te» le porgo il cocktail. Mi verso uno scotch e mi posiziono sul bordo della scrivania.

Le nostre ginocchia si sfiorano.

Lei arrossisce e si siede più dritta mentre sorseggia il suo drink. «È buono» dice. «Anche se non sono sicura che mi aiuterà a dormire.»

«Sembri un po' tesa. Ho pensato che potesse aiutarti a liberare la mente.»

«È così ovvio?» Hannah offre un debole sorriso e rivolge tutta la sua attenzione al drink, lo sguardo basso sul bicchiere.

«Ne hai passate tante. Venire qui, restare, non dev'essere facile.»

Si stringe il labbro inferiore tra i denti. «Doveva essere solo per una notte» dice, la voce appena superiore a un sussurro. Hannah alza lo sguardo dal bicchiere. «Non voglio essere un'imposizione.»

«Non lo sei» dico e appoggio il bicchiere di scotch sulla scrivania. Mi sporgo in avanti, le prendo il mento tra le dita e la costringo nella maniera più delicata possibile a guardarmi negli occhi.

«Ti meriti molto di più di quello stronzo.» Sono ancora furioso per quello che le ha fatto, per quei lividi così visibili sotto le luci fluorescenti.

Lei fa un sorriso sornione e sorseggia l'ultimo sorso del suo drink. «Già, quello stronzo non riusciva nemmeno a farmi raggiungere l'orgasmo.»

«Vuoi un altro drink?»

«Sì, mi sa che ne avrò bisogno» dice e mi spinge il bicchiere vuoto tra le mani.

Mi alzo e vado dall'altra parte della stanza per prepararle un altro drink. Sorride e le sue guance sono arrossate.

«Non sei abituata a bere, vero?»

Sembra un po' alticcia. «Ho avuto un po' di difficoltà a uscire negli ultimi anni. Essere un genitore single a tempo pieno mette a dura prova la vita notturna.»

«E che mi dici della tua vita sentimentale?» la guardo da sopra la spalla mentre preparo il suo secondo cocktail. Finisco il mio scotch e le porgo il bicchiere prima di appoggiarmi nuovamente al bordo della scrivania.

«Non c'è stato nessun altro oltre a...» Hannah non finisce la frase e si sposta sulla sedia nel tentativo di mettersi comoda. Forse pensare a *lui* la rende inquieta.

«Ti serve un soprannome per quell'idiota» suggerisco.

«Oltre a stronzo?» Hannah sorride. «Che ne dici di killer di orgasmi?»

Mi fissa e io cerco di non soffocare al suono delle sue parole.

«Killer di orgasmi?» porto lo scotch alle labbra e ne bevo un sorso. Ho bisogno di bere qualcosa di forte per non eccitarmi mentre la sento usare la parola *orgasmo*. È bellissima nei suoi pantaloni del pigiama a quadri scuri, troppo grandi. Le sue guance sono rosee e immagino il rossore diffondersi lungo il suo collo e sui suoi seni.

«Era buono solo a questo, a uccidere ogni possibilità che io mi eccitassi. Potrebbe essere chiamato l'uomo che dura solo due minuti, sai?»

Sgrano gli occhi e ingoio il resto dello scotch mentre lei si dilunga a parlare di quanto Mark fosse terribile a letto.

«Due minuti, quello sì che sarebbe un record per lui. Niente preliminari. Solo due botte nel buco giusto, non sia mai che si sbagliasse! E non farmi parlare della volta in cui ha cercato di parlarmi in modo sporco e sexy. Il turpiloquio dovrebbe essergli impedito per legge!»

«Non essere così severa» dico.

Lei alza un sopracciglio. Credo di essere appena entrato in guerra con la mia *Zaya*.

«I ragazzi non sanno parlare in modo sporco e sexy. Credono di saperlo fare, ma finiscono sempre col dire qualcosa di disagiante e per nulla sexy.»

Dovrei lasciar perdere. Hannah non è lucida in questo momento, ma non sono d'accordo con lei e non sono un uomo che lascia perdere e prende per vero tutto quello che sente.

«Forse agli uomini che durano solo due minuti non dovrebbe essere concesso di parlare in modo sporco e sexy, ma sono sicuro che dalla mia bocca possano uscire parole abbastanza sporche da farti bagnare ed eccitare al punto che mi imploreresti di scoparti.» La inchiodo con lo sguardo.

Le labbra di Hannah si aprono e sussulta alla mia osservazione. Le sue guance bruciano mentre si spinge il bicchiere sulle labbra e finisce il drink. Mi porge il bicchiere vuoto. «Un altro?»

«Penso che tu abbia raggiunto il tuo limite» dico. Immagino che domani non sarà particolarmente contenta di avermi rivelato quanto fosse pessimo a letto Mark.

Arriccia il naso nel modo più adorabile possibile e sporge verso l'esterno il labbro inferiore mentre fa il broncio. «Per favore? Altrimenti mi toccherà andare a letto.»

Mi vengono in mente una dozzina di cose che si potrebbero fare al posto di andare a dormire. «Non ti farò ubriacare.»

Hannah ridacchia. «Troppo tardi.»

Due drink. Ha bevuto solo due drink. Ci sono andato giù pesante con lo scotch? Non ho misurato con precisione il liquore, ma cazzo, è sbronza.

Hannah si alza, ignora le mie parole e attraversa l'ufficio per dirigersi verso i liquori.

«Cosa pensi di fare?» alzo un sopracciglio, incuriosito dal suo comportamento. Non ho mai visto una donna servirsi i miei alcolici o, in realtà, usare qualsiasi cosa in casa mia. Anche se, a essere sincero, Hannah è la prima donna che ho portato nel complesso. Di solito sbrigo le mie attività intime altrove.

«Mi prendo un drink, scemotto!»

Sono felice che si senta meglio, spensierata e felice. Ma detesto il fatto che la ragione della sua spensieratezza sia l'alcol. Vorrei essere stato io ad averla aiutata a voltare pagina e a dimenticarsi di quel perdente.

Mi sposto dalla scrivania, poso il bicchiere di scotch mezzo pieno sul tavolo di legno ed elimino la distanza tra di noi. «Non esiste.»

«Sono stanca degli uomini che mi dicono cosa posso o non posso fare. Sono un'adulta.» Hannah pesta il piede nudo a terra, come se volesse dimostrare qualcosa.

«Fare i capricci non è una cosa che fanno gli adulti» sussurro, avvicinandomi a lei da dietro. Le mie mani sono vicine ai suoi fianchi, ma non la tocco.

Voglio toccarla. Voglio sbatterla contro la scrivania, abbassarle i pantaloni e inginocchiarmi. Voglio mostrarle cosa signifchi avere un orgasmo vero e proprio mentre avvolge le sue gambe intorno al mio collo. Ha dimenticato com'è stato il sesso fra noi? È stata solo una notte, ma io non ho mai dimenticato Hannah. Come avrei potuto? Sono andato a letto con un buon numero di donne, ma nessuna si è mai avvicinata a lei. È pura, innocente e non ha idea di cosa faccia per vivere. Questo tipo di segreto rende l'attrazione ancora più forte e molto più letale.

Hannah mi struscia il culo sul cazzo. Se avessi indossato un completo, i vestiti avrebbero fatto il loro lavoro e avrebbero nascosto il mio desiderio, in parte. Ma sono in tenuta da allenamento, tuta e maglietta. Non pensavo che mi sarei imbattuto in Hannah in corridoio nel bel mezzo della notte.

Trascina una mano tra i miei capelli e mi tira più vicino a sé mentre si dimena contro di me. «Voglio che mi scopi.»

«Lo voglio anch'io» le sussurro nell'orecchio.

«Ottimo» dice e si gira tra le mie braccia. La sua bocca si aggancia alla mia mentre mi getta le braccia al collo.

C'è un divano appoggiato alla parete del mio ufficio, quindi la prendo in braccio e la faccio sdraiare sul divano di pelle nera. Le salgo sopra e le blocco le braccia sopra la testa.

Dovrei mandarla di sopra e rimboccarle le coperte. Ma non sono un gentiluomo.

Lei mugola e geme e avvolge le gambe intorno a me, inarca la schiena e spinge i fianchi contro i miei. Sento il suo desiderio. Ma non ho intenzione di darle quello che vuole, non così in fretta.

«Voglio sentirti urlare il mio nome» le sussurro nell'orecchio, senza preoccuparmi di svegliare l'intero complesso nel mentre.

# TREDICI

*Hannah*

Avrò anche bevuto due drink, ma sono assolutamente consapevole di ciò che sto per fare con Luka Ivanov nel suo ufficio.

Negli ultimi due giorni Luka mi ha fatta sentire molto più viva di quanto quel perdente abbia mai fatto. Perché volevo sposare Mark? Oh, giusto, per la stabilità.

Le mani di Luka sono ruvide e forti mentre mi blocca contro la pelle fredda del divano. Le sue parole sussurrate: «Voglio sentirti urlare il mio nome» mi fanno rabbrividire.

Era da troppo tempo che non sentivo il desiderio inondarmi. Il sesso era diventato un lavoro ormai, un dovere.

Ho la sensazione che con Luka non sarà così. Di certo non lo è stato l'ultima volta. Come potrei dimenticare quella notte?

Trascina la lingua sul mio collo, ansimo mentre mi contorco sotto il suo corpo. Avvolgo le gambe intorno a lui e lo trascino contro di me, voglio sentirlo completamente sopra di me.

«Vuoi venire, vero, *Zaya*?» Le sue labbra scendono verso il mio stomaco e rilascia la presa sulle mie braccia.

«*Zaya*?» *È il suo soprannome per me?*

Allento la stretta delle gambe e gli lascio prendere il controllo, solo per questa volta.

Non risponde. Luka solleva la mia camicia di cotone, mentre la sua lingua si immerge nel mio ombelico e traccia un percorso di baci caldi sul mio addome. Le sue dita stuzzicano il cordoncino dei miei pantaloncini e accarezzano la mia pelle nuda.

Fremo al suo tocco.

«Hai un preservativo?» chiedo.

«Non li tengo in ufficio» borbotta Luka contro il mio stomaco.

«Non ti serve proprio a questo scopo il divano di pelle?» Dovrei sentirmi sollevata dal fatto che non abbia l'abitudine di portare qui le donne.

Lui mi sorride calorosamente, gli occhi che brillano. «No.»

Mi muovo per potermi sedere sul divano, ma Luka mi trascina di nuovo giù.

Si mette a cavalcioni sui miei fianchi e le sue mani stringono le mie, bloccandomele sul divano. «Dove credi di andare?»

«Non hai un preservativo» dico.

«Non nel mio ufficio. Ne ho uno di sopra, in camera da letto» Si china, le sue labbra si fondono con le mie e lo assaporo.

Voglio baciarlo. Assaggiarlo. Divorarlo. «Non ti ho raccontato i miei segreti più profondi e oscuri affinché facessi sesso con me» gli confesso. Non è per questo che gli ho parlato di Mark. Non so perché gli abbia rivelato che il sesso con lui era terribile e che desideravo il tocco di un vero uomo.

Gli occhi di Luka brillano. Non si muove di un centimetro, intrappolandomi tra sé e il divano di pelle.

«Credimi, non è per questo che lo faccio, *Zaya*» dice Luka. «Meriti di essere adorata, ma non lo faccio per altruismo.»

Mi avvicino per baciarlo e metterlo a tacere. Ha incendiato il mio corpo e non voglio che questo momento finisca. Luka è a dir poco perfetto, e io non ho ancora finito con lui.

Mi posa le labbra sul collo e la sua mano sfiora il mio fianco. Gemo per via dei recenti lividi che Mark mi ha lasciato sulla pelle. Sono ancora freschi e doloranti.

Luka percepisce il mio disagio e perde la calma istantaneamente. «Lo ucciderò» ringhia Luka, mentre il suo labbro superiore trema.

Le sue parole mi fanno venire i brividi lungo tutta la schiena. «È stato uno sbaglio» dico.

Luka aggrotta la fronte. Lo sguardo che mi lancia mi fa sentire esposta, proprio come una delle ferite lasciatemi da Mark. Premo una mano sul petto di Luka e lo spingo via con delicatezza.

Non sono pronta per questo, per noi.

Luka scende dal divano e mi lascia tutto lo spazio di cui ho bisogno. Si passa una mano tra i capelli e respira profondamente mentre si allontana da me e si dirige verso la scrivania.

«Sei arrabbiato?» mi sposto a sedere sul divano e mi sistemo i vestiti.

«Perché dovrei essere arrabbiato?» chiede Luka. Abbassa le mani sui fianchi.

Non rispondo. Non è ovvio? «Ti ho deluso» dico.

Lui si inginocchia, mi sistema una ciocca di capelli dietro l'orecchio e mi solleva il mento con le dita affinché incontri il suo sguardo. «Non potresti mai deludermi, *Zaya*.»

«E Hannah? Hannah ti ha deluso?» chiedo. Sentire il mio nome fuoriuscire dalle mie labbra ha un effetto strano, ma non so perché continui a chiamarmi

*Zaya.* Non è il mio nome. Vorrebbe forse che fossi un'altra?

Mi tira verso di sé mentre si siede di nuovo sul divano. «È un nomignolo, un vezzeggiativo» sussurra Luka. Mi accarezza i capelli e gioca con alcune ciocche. «Sei mia.» La presa di Luka si stringe mentre mi tiene premuta contro di sé.

Ho la bocca secca e la voce mi esce roca e rauca. «Tua?» è impazzito. «Ci conosciamo da due giorni, Luka.»

«Abbiamo una figlia insieme.»

È pazzo. È l'unica spiegazione possibile. Non può essere così possessivo. «Sì, hai avuto un ruolo nel concepimento, ma Bay è mia figlia.»

«È mia quanto tua.» La voce di Luka rimbomba nel piccolo spazio. «Sarei stato lì per entrambe voi se avessi saputo prima della sua esistenza.»

Scendo dalle sue ginocchia e mi metto in piedi, incrocio le braccia sul petto. «Ho provato a mettermi in contatto con te. Ho fatto tutto il possibile, sono tornata al bar in cui ci siamo conosciuti, ma nessuno sapeva chi fossi.»

Non mi crede?

«Lo so, me l'hai detto ieri sera» dice Luka. «Non dubito di te. Mi spiace solo essermi perso la nascita di Bay, le sue prime parole o i suoi primi passi. Voglio esserci per lei. E per te.»

«Mi conosci appena» dico. «È assurdo pensare che potrei venire a vivere qui con te.» Non pensa che sia troppo presto? Perché ho colto al volo l'occasione? Avrei potuto prendere una camera in un albergo qualunque per qualche notte e stare lontana da Mark con la stessa facilità.

Luka non si alza. Mi lascia spazio mentre mi fissa. Stringe le mani. Il suo tono è fermo e deciso, ma non minaccioso. «Non sono d'accordo. Mark è là fuori e finché non saprò con assoluta certezza che non farà del male a te o a nostra figlia, non lascerò che te ne vada.»

Rido delle sue parole. Non può essere serio. «Hai intenzione di tenermi qui contro la mia volontà?»

Stringe le labbra. «Non trasformarla in una lite, Hannah. Sei libera di andare e venire quando vuoi, ma non mi fido di Mark e non credo sia sicuro che torni a casa.»

«Mark lascerà il mio appartamento.» Non è quello che mi ha assicurato prima Luka? Che Mark ha capito che tra noi è finita e che uscirà dalle nostre vite molto presto. «Sta facendo i bagagli e presto se ne andrà.»

«Sì, ma cosa gli impedirà di tornare? Uomini come Mark non se ne vanno da soli.»

«Cosa mi suggerisci di fare?»

«Ti ho già invitata a restare qui» dice Luka. Allunga le braccia dietro la testa. «Perché stiamo litigando?»

«Non lo so. Hai cominciato tu» sbotto.

Luka si alza, mi afferra per la vita e mi posiziona sopra la sua spalla.

«Mettimi giù!» grido.

«Ti fidi di me?» la sua voce è roca e profonda.

Mi manda lo stomaco in fibrillazione. C'è una tale sicurezza in lui, qualcosa che Mark non ha mai posseduto. Forse ci ha provato a essere il maschio dominante, ma era ben lontano dal riuscire a prendere il comando.

«Ti conosco appena» sussurro. La mia voce si incrina e lui mi tiene sulle spalle mentre si dirige verso la porta dell'ufficio.

«Puoi fare silenzio?»

No, non posso proprio. Non faccio promesse a vuoto.

Lui sospira rumorosamente e mi rimette i piedi per terra. «Davvero non ti fidi di me. Devo uccidere quel coglione che ti ha fatto del male per meritarmi la tua fiducia?»

Come posso rispondere? Non ha torto, Mark è uno stronzo, ma non è sempre stato così. Di certo non con Bay o con me.

Ma c'erano molti segnali, dei campanelli d'allarme che ho palesemente ignorato. Il primo era l'atteggiamento da stronzo con i colleghi. Era solito sminuirli per poi vantarsi con me dei propri successi.

«Vieni con me» dice Luka e mi prende la mano per condurmi fuori dall'ufficio.

Io lo accontento. Seguo Luka su per le scale. Mi sta portando in camera mia? Passiamo davanti alla porta della mia stanza, dove Bay dorme profondamente, e ci dirigiamo verso la fine del corridoio. La sua mano non allenta la presa mentre mi accompagna al terzo piano.

«Dove mi stai portando?» sussurro, non voglio svegliare nessuno.

«Hai bisogno di rilassarti, e io di un altro drink» dice Luka.

Non è così che sono iniziati i nostri guai? Beh, almeno stasera. «Sei sicuro che sia una buona idea?»

Mi lascia la mano e mi lancia un'occhiata da sopra la spalla. Suppongo che mi stia lasciando andare. Se voglio andarmene e tornare nella mia stanza, posso farlo. Detesto ammetterlo, ma sono curiosa di scoprire cos'abbia in mente. Mi sembra che la nave del sesso sia già salpata.

Continua a salire le ultime scale e io lo seguo.

Il corridoio è scarsamente illuminato, le luci del salone sono spente a eccezione delle lucine sul pavimento illuminano il percorso. Ci sono diverse stanze, le cui porte sono tutte chiuse. È qui che dormono le guardie?

Passiamo davanti a tre porte e Luka apre la maniglia della quarta sulla sinistra ed entra. Io lo seguo e lui accende una lampada che illumina la stanza di una luce morbida e calda prima di chiudere la porta.

«Sei stanca?» mi chiede Luka, lanciandomi un'occhiata da sopra la spalla.

«Non proprio» rispondo. «So che è tardi, ma credo che il mio cervello sia sovra stimolato.» Ne pagherò le conseguenze domani, quando verrò svegliata da Bay all'alba.

«Spero che non ti opporrai al mio prossimo suggerimento» si dirige verso la camera da letto, poi apre una porta.

È un armadio? Rimango ferma, i piedi ben piantati sul tappeto. «Luka, ti giuro che se apri la porta di una stanza rossa, io me ne vado.»

Apre la porta adiacente, accende la luce e sorride. «È solo un bagno» dice. «Mi sorprende che tu sappia cosa sia una stanza rossa, *Zaya*. Non pensavo fossi il tipo.»

«Non lo sono» dico e mi schiarisco la gola. Fa caldo qui dentro?

«Certo» dice con un sorriso compiaciuto. «Lo terrò presente. Non ti piace il sadomaso.»

«Il sadomaso?» mi crolla la mascella e il sorriso sembra solo allargarsi sul suo volto.

«Rilassati, *Zaya*. Ti preparo un bagno. Ma non svenire, ok? Non lo faccio perché tu possa annegare nella vasca.»

Le mie spalle si rilassano. «Bagno?» È l'unica parola che il mio cervello sembra aver registrato. «Potrei farlo anche al piano di sotto.»

«Non hai una vasca a idromassaggio tutta tua.» Luka si dirige in bagno e apre il rubinetto.

Mi stringo il labbro inferiore tra i denti e incrocio le braccia sul petto. L'idea sembra fantastica, ma non sono sicura che sia strettamente necessario fare il bagno nella stanza di Luka. «È uno stratagemma per vedermi nuda?»

«Forse» risponde Luka con un sorriso ironico. «Ma puoi chiudere la porta a chiave, se la cosa ti aiuta a rilassarti. Sono un gentiluomo. Irromperò solo in caso di incendio o in caso Bay si svegliasse» dice.

«Buono a sapersi» mi avvicino e sbircio nel bagno.

Non è un bagno qualunque, come mi aspettavo. È grande quasi quanto la camera da letto di Luka ed è il bagno più lussuoso che abbia mai visto.

«È tutto tuo?» annaspo. «È enorme!»

«Grazie» dice Luka con un sorriso ironico. «Questo è esattamente ciò che ogni maschio focoso desidera sentirsi dire.»

«Il tuo bagno è enorme. Non farti strane idee.» Gli do un colpetto con la spalla mentre salgo sulle piastrelle calde. «Oh mio Dio! Il pavimento è riscaldato.»

Luka alza le spalle e incrocia le braccia sul petto. «Non viene usato quanto dovrebbe.»

«Tutti gli uomini di Mikhail hanno alloggi così lussuosi? Forse dovrei lasciare il lavoro e farmi assumere dal tuo capo.»

«Non pensarci nemmeno» dice Luka, fissandomi in maniera penetrante.

Il suo sguardo acceso mi fa seccare la bocca e deglutisco nervosamente. La mia voce esce rauca. «Perché no?»

Lo preoccupa il pensiero che passeremmo troppo tempo insieme?

«È tardi, e questa non è una conversazione che faremo stasera» borbotta sottovoce.

Luka prende un asciugamano piegato dall'armadio e lo mette vicino al lavandino. «Hai bisogno di qualcos'altro?» chiede.

«Non mi viene in mente niente. Grazie.»

«Dovere.» Luka esce dal bagno, lasciandomi sola con la vasca quasi pronta. Chiude la porta e io giro la chiave prima di spogliarmi. Affondo nell'acqua della vasca e chiudo il rubinetto prima di aprire i getti.

È una sensazione meravigliosa. Il rumore dei getti della vasca potrebbe svegliare tutta la casa, dovrei preoccuparmene?

Luka non sembra curarsene. Perché dovrei farlo io?

Ogni muscolo del mio corpo si rilassa e la mia mente può finalmente calmarsi. Sono in modalità sopravvivenza da prima di lasciare l'appartamento. Chiudo gli occhi e non mi accorgo dello scorrere del tempo. L'acqua è ancora calda, ma non scotta, e la tensione sembra aver abbandonato le mie spalle.

Luka irrompe dalla porta del bagno.

Apro la bocca per gridargli di andarsene quando mi accorgo che Bay è tra le sue braccia. Il suo viso è rosso e pieno di lacrime.

«Brutto sogno» dice lei annaspando e scendendo dalle braccia di Luka.

Dopo averle messo i piedi a terra, Luka prende l'asciugamano dal bancone del bagno. «Scusa se ti ho interrotto.»

È più gentile di quanto pensassi, tranne per il fatto che è appena entrato in bagno con Bay senza aver prima bussato. Pensavo di aver chiuso la porta a chiave, ma lui deve aver usato una chiave di riserva.

«Avevo finito» dico. Ho passato abbastanza tempo a mollo.

Prendo l'asciugamano dalle sue mani e gli faccio cenno di girarsi. Mi avvolgo il soffice asciugamano bianco e spengo l'idromassaggio.

Luka non esce dal bagno. Anche se lo spazio non è piccolo, la sua presenza lo fa sembrare minuscolo.

«Ti dispiace lasciarmi un po' di privacy?» chiedo. Non sono ancora pronta a farmi vedere nuda da lui.

«Certo, ti aspetto in camera.» Luka esce dal bagno e si chiude silenziosamente la porta alle spalle.

«Mamma» piagnucola Bay, e io mi chino ad abbracciarla e a darle un bacio. Cerco di non bagnarle il pigiama, ma a lei non importa. Mi asciugo il più velocemente possibile e mi rimetto i vestiti di prima, poi prendo Bay tra le mie braccia ed esco dal bagno.

Luka è seduto sul bordo del letto. «Non sapevo che altro fare.»

«Come facevi a sapere che avesse fatto un incubo?» Bay stava dormendo al secondo piano. Giuro che se è sceso al piano di sotto e l'ha svegliata solo per potermi vedere nuda nella vasca da bagno, lo uccido.

«Si è alzata dal letto e ha iniziato a piangere in mezzo al corridoio. Una delle guardie, Nikita, l'ha vista e, dal momento che non è riuscito a trovarti, è venuto a bussare alla mia porta.»

Bay appoggia la testa sulla mia spalla e nasconde le mani contro il mio petto mentre si accoccola contro di me. Faccio del mio meglio per mantenere la voce calma. Non voglio spaventare Bay. Finalmente si sta calmando e spero che stia per riaddormentarsi.

«Perché è venuto da te?» chiedo.

«Sa del rapporto che ho con te e Bay» dice Luka.

Non c'è motivo di nasconderlo, ma mi sorprende che le voci girino così velocemente tra i colleghi di Luka. «Lo sanno tutti?» chiedo.

Luka alza le spalle. «Ha importanza?»

Ha ragione, non dovrebbe importarmi, e chi non lo sa ancora, presto lo scoprirà. «È tardi. Dovremmo andare a letto.» Accarezzo la schiena di Bay e lei si dimena contro di me. Il suo respiro si fa più profondo e spero che riesca ad addormentarsi in fretta una volta a letto.

«Vuoi che ti accompagni in camera tua?»

«Riusciremo a trovarla» dico. Mi dirigo verso la porta della camera e Luka me la apre.

«Lascia che ti aiuti a portare Bay giù per le scale almeno.»

Per quanto sia un'offerta allettante, dubito che Bay ne sarebbe entusiasta e si è appena calmata. «Non voglio turbarla. Andrà tutto bene. Grazie, Luka.»

Esco dalla sua stanza con Bay in braccio e percorro con cautela le scale fino alla nostra camera da letto. Infilo Bay sotto le coperte. Si rotola subito a pancia in giù, chiude gli occhi e si addormenta.

Ho bisogno di più tempo per addormentarmi, ma è tardi e tra qualche ora dovrò essere sveglia per Bay.

———

L'alba sorge prima che io possa dirmi pronta ad affrontare la giornata. Bay ha altre idee, salta sul letto, cerca di farmi il solletico e si assicura che io sia sveglia.

«Vieni, ti preparo per andare all'asilo.»

Dopo aver fatto la doccia ed essermi vestita, aiuto Bay a togliersi il pigiama e a indossare una tutina. Le spazzolo i capelli e le faccio le treccine per evitare che si aggroviglino.

Una volta finito di prepararci, scendiamo di corsa al piano di sotto. La sollevo sullo sgabello per farla sedere al bancone e farle fare colazione.

«Cerchi qualcosa?» chiede Luka.

Non l'ho sentito entrare in cucina. Gli rivolgo uno sguardo. Indossa un abito nero di classe, una cravatta e una camicia bianca.

«Cereali. Yogurt. Farina d'avena. Qualcosa per preparare la colazione a Bay» spero che abbia almeno uno di questi ingredienti in frigorifero o in dispensa.

«C'è la pastella per fare i pancake. Anche le uova e il bacon, in frigo.»

Bay storce il naso e tira fuori la lingua. Nessuna di queste alternative appare soddisfacente a mia figlia. È incredibilmente schizzinosa e non importa quanti cibi diversi le faccia provare: vuole sempre le stesse cose.

«Possiamo passare dal negozio mentre andiamo a casa tua e prenderle qualcosa da mangiare» dice Luka.

«Devo lasciarla all'asilo prima di andare a casa.»

Luka si spinge in cucina, oltre il bancone a isola. Apre il frigorifero e prende una bottiglia di succo d'arancia. «Ti piace questo?» chiede, agitando la bottiglia e guardando Bay.

Lei annuisce vigorosamente, un enorme sorriso le si allarga sul viso.

«Non beve spesso il succo» dico.

«Quale madre non dà al proprio figlio il succo d'arancia?» chiede Luka.

Incrocio le braccia sul petto. «Stai per caso mettendo in dubbio le mie capacità genitoriali?»

È padre da un fine settimana e già pensa di sapere cosa sia meglio per mia figlia.

Con la bottiglia di succo d'arancia in una mano, Luka alza le braccia in segno di resa. «Non avevo intenzione di litigare.»

Frugo negli armadietti alla ricerca di bicchieri. Dopo aver aperto le ante di quattro mobili, prendo il bicchiere più piccolo e lo metto sul bancone.

«È per te o per Bay?» chiede Luka.

«Bay» rispondo.

Riempie il bicchiere per metà prima di far scivolare il succo d'arancia sul bancone.

«Mi presteresti il tuo telefono prima di andare all'appartamento?» chiedo.

«Dipende da chi vuoi chiamare.»

Pensa che contatterei Mark? Non ho dormito abbastanza stanotte. Sto facendo del mio meglio per non litigare con Luka, ma stamattina mi irrita ogni cosa.

«Il mio capo al lavoro. Ho saltato il turno di ieri e vorrei spiegarle cosa sta succedendo. Stamattina sarei andata a parlarle, ma forse conviene che passi da casa per prendere alcune cose.»

«Cosa ti serve? Posso pensarci io» dice Luka.

«Non è necessario. Posso passare dopo aver lasciato Bay all'asilo.»

Luka recupera il suo cellulare dalla tasca e lo sblocca prima di porgermelo. «Guardo Bay mentre parli con il tuo capo.»

«Grazie» gli prendo il telefono di mano. Esco dalla cucina e compongo il numero di telefono. Mi porto il telefono all'orecchio e, appena raggiungo il corridoio, sento la voce di Bay attraversare la stanza.

«Sei tu il mio papà?» chiede Bay.

Mi guardo alle spalle mentre Bay fissa Luka e sento un brusco: «Pronto?» all'altro capo del telefono.

# QUATTORDICI

*Luka*

Bay mi ha appena chiesto se sono suo padre. Hannah ha un tempismo davvero impeccabile. È al telefono con il suo capo, o almeno finge di esserlo, nel momento esatto in cui risuona la voce di Bay.

«Sì» dico. Non ho intenzione di mentire a Bay. Non ho scelto io di non essere coinvolto nella sua vita fin dall'inizio.

Porta il bicchiere di succo alle labbra con due mani e finisce di bere. «Altro succo?»

«Tua madre ti permetterebbe di prenderne dell'altro?» chiedo.

Le labbra di Bay si chiudono, ma il suo sorriso si allarga mentre inclina il mento verso di me. Immagino che sia un no. «Per favore?»

Riempio per metà il bicchiere di Bay con il succo d'arancia. Sempre meglio che parlare del fatto che sono suo padre biologico. È una conversazione che Hannah dovrà affrontare con Bay al momento giusto.

Bay porta il bicchiere alle labbra con due mani e sorseggia il succo d'arancia.

Hannah torna in cucina e mi restituisce il cellulare.

«È tutto a posto al lavoro?»

«Sì, devo andare nel tardo pomeriggio per coprire un turno. Non è che potresti passare a prendere Bay all'asilo?» Hannah si stringe il labbro inferiore tra i denti.

È agitata all'idea di chiedermi di badare a Bay?

«Penso non ci siano problemi» dico. «Sempre che la scuola mi permetta di portarla a casa.»

«Mi assicurerò di farti aggiungere alla lista per il ritiro non appena la porterò all'asilo.»

«E fai rimuovere Mark da quella lista.»

Non voglio che si presenti e che rapisca Bay. Quell'uomo è abbastanza fuori di testa da fare una cosa del genere. Se avesse l'opportunità di arrivare a Hannah e farle del male, non se la lascerebbe di certo sfuggire. Intendo impedire che si verifichi una simile opportunità.

Bay finisce il suo bicchiere di succo d'arancia e poi ci dirigiamo tutti e tre verso la macchina. In garage c'è un seggiolino per auto, è qui dai tempi in cui la sorella di Mikhail viveva nel complesso con i gemelli. Prendo il seggiolino e lo fisso sul sedile posteriore prima che Bay salga in macchina.

«Com'è che hai un seggiolino di riserva?» Hannah aggrotta la fronte e incrocia le braccia sul petto.

«Come per i giocattoli che ho dato a Bay l'altro giorno, anche il seggiolino era dei nipotini di Mikhail. C'erano due gemelli che si aggiravano per i corridoi.»

Hannah sorride debolmente. «Non riesco a immaginare la scena. Anche se la casa è più a prova di bambino di quanto pensassi.» Sale sul sedile anteriore dal lato passeggero dopo essersi accertata che Bay sia salda nel seggiolino.

Accendo il motore e attendo che Hannah allacci la cintura di sicurezza. «Vuoi che faccia un salto al supermercato per prendere un po' di roba per la colazione? O magari possiamo mangiare un boccone fuori?» Non so a che ora Bay debba essere all'asilo.

«Magari fermati al negozio di alimentari, faccio un salto dentro» dice Hannah.

Non mi entusiasma che vada da sola da qualche parte, ma dubito che Mark sarà proprio lì ad aspettarla. Ho già parlato dei miei piani con Mikhail, che mi sarei preso un giorno libero per aiutare Hannah. Era d'accordo, soprattutto dopo la scorsa notte, con la comparsa di Mark al complesso e tutto il resto.

Esco dai cancelli e mi dirigo sulla strada principale, assicurandomi di non essere seguiti.

«Sei sicuro che non sarà a casa?» chiede Hannah, gli occhi fissi su di me mentre guido in direzione del negozio di alimentari. Non riesce a tener ferme le mani. Percepisco la sua ansia e, per quanto cerchi di far credere a Bay di essere calma e tranquilla, riesco a vedere oltre la maschera che indossa.

«Se è a casa, ti assicuro che non resterà nei paraggi.» Ho una pistola di riserva nel cruscotto. Non mi porterò dietro il ferro. L'ultima cosa che voglio è che Hannah inizi a fare domande su quello che faccio per vivere e si spaventi. Inoltre, non ho intenzione di lasciare Hannah da sola fino a quando non l'avrò accompagnata al lavoro, e non mi serve un'arma per far il culo a Mark. Posso benissimo farlo a mani nude.

«Spero che tu abbia ragione» sussurra Hannah. Guarda fuori dal finestrino laterale ed emette un leggero sospiro.

«Vuoi restare in macchina? Posso pensare io alla spesa.»

Lei sorride debolmente e scuote la testa. «Non è necessario. Sarò veloce. Entro ed esco in pochi minuti.»

Se fossi stato preoccupato, avrei chiesto a una delle altre guardie di Mikhail di venire con noi, ma so che Hannah starà bene.

Continuo a guardare nello specchietto retrovisore. C'è traffico, ma nessun veicolo ci segue. Il pensiero di aver buttato via la scheda sim del telefono di Hannah aiuta. Sono sicuro che è così che Mark l'ha rintracciata ieri sera.

Mi fermo davanti al negozio e sblocco le portiere del veicolo. Hannah si affretta a scendere e ad attraversare le porte automatiche.

Torna in meno di cinque minuti con due sacchetti della spesa. «Tutto questo solo per la colazione?» le chiedo mentre risale in macchina.

«Bay dovrà portarsi il pranzo al sacco all'asilo. Le farò fare colazione quando arriva lì, non voglio darle lo yogurt ora e rischiare che sporchi la macchina.»

Ridacchio. «La macchina si può lavare. Non è un grosso problema. A che ora passo a prenderla?»

Hannah afferra la cintura di sicurezza e se la strattona sul petto, poi fa scattare il meccanismo quando la inserisce nella chiusura. «Il ritiro è alle 14:30.»

«Farò in modo di arrivare prima. Rilassati» mi avvicino e appoggio la mano sul suo braccio, «posso occuparmi di mia figlia».

Hannah inspira e noto che ha un po' d'affanno.

«Che c'è?» chiedo.

Guarda di nuovo Bay, che non sembra neanche lontanamente interessata alla nostra conversazione. «Che cosa hai detto quando ti ha chiesto se fossi suo...»

«Papà?» ripeto la parola precedentemente detta da Bay. «Sì. Non avevo intenzione di mentire a mia figlia, ma non mi sono nemmeno dilungato nelle spiegazioni.»

«Ok, bene.» Le spalle di Hannah si rilassano.

Mi allontano dal negozio di alimentari e Hannah mi dà le indicazioni per raggiungere l'asilo. È dall'altra parte della città, nella direzione opposta rispetto al complesso.

Il traffico è intenso e quando finalmente arriviamo, entriamo tutti e tre insieme. Voglio essere sicuro che sappiano chi sono e che mi riconoscano quando, nel pomeriggio, andrò a prendere Bay.

Hannah compila le carte e le aggiorna, eliminando il nome di Mark dalla lista, e poi ci dirigiamo fuori.

Mentre camminiamo le do una gomitata amichevole. «Devo chiedertelo, questo posto è speciale per te?»

«In che senso?» Hannah smette di camminare e si gira verso di me.

«L'asilo è dall'altra parte della città. Il quartiere è carino, ma potremmo iscrivere Bay in posti più vicini.»

«Vuoi che cambi asilo solo perché il posto è scomodo?» Hannah scuote la testa, mi supera e si dirige verso la macchina. «Non preoccuparti. Dopo oggi non dovrai più accompagnarla o andarla a prendere.»

«Hannah, non fare così.» Non si rende conto che se vivranno con me al complesso, sarà difficile per me raggiungere questo posto? Ci sono molti altri asili nelle vicinanze. Ne ho contati quattro lungo la strada.

Lei sale sul sedile anteriore e chiude la portiera.

Faccio il giro dell'auto e apro la portiera del lato del guidatore. Avvio il motore, ma non metto ancora la retromarcia per uscire dal parcheggio. «Perché stiamo litigando?»

«Vuoi che Bay cambi asilo. Qui è felice. Ha degli amici e dubito che sarebbe contenta di ricominciare tutto in una nuova scuola.»

«Si tratta solo di questo? Perché attraverserò la città per accompagnarla più che volentieri, se questa è la cosa migliore per mia figlia.»

Hannah incrocia le braccia sul petto. Si sposta sul sedile. Anche se è silenziosa, sembra sempre piuttosto agitata. Come se si stesse trattenendo.

«Dimmi, *Zaya*, qual è il problema?». Non posso aiutarla se non so cosa stia succedendo.

«Non posso permettermi altri asili.»

«Non devi preoccuparti dei soldi quando si tratta di Bay. È anche mia figlia e ho intenzione di sostenerla in tutto e per tutto. Lascia che mi occupi io di pagare per la sua istruzione.»

La mascella di Hannah si abbassa di scatto. «Non sto chiedendo l'elemosina.»

«Non preoccuparti. Non te la stavo facendo.» Sono stanco di litigare con lei. Concentro la mia attenzione sul parcheggio, metto la retromarcia ed esco dallo spazio.

Rimane in silenzio per il resto del viaggio, per tutti i quindici minuti rimanenti. Sarebbero stati meno se il traffico non fosse stato così intenso. In fin dei conti, però, è lunedì.

Mi fermo davanti al suo palazzo e parcheggio l'auto in uno dei posti appositi.

«Non devi entrare con me» dice Hannah.

Forse non vuole che entri, ma non le permetterò di salire da sola. Mark potrebbe aspettarla dentro casa. È per questo che si comporta in maniera così strana? Ha paura di ritrovarsi faccia a faccia con lui?

«Lo so, ma voglio solo assicurarmi che tu sia sicuro e che Mark non ti stia aspettando al piano di sopra.» Accompagno Hannah all'interno.

Un silenzio pesante ci avvolge mentre ci infiliamo nell'ascensore. Meglio del viaggio in macchina, però. Meno soffocante.

Una volta arrivati al terzo piano, lei tira fuori le chiavi di casa e ci giocherella mentre percorriamo il corridoio.

Quando ci avviciniamo alla sua porta, le parlo con voce bassa. «Aprila, ma rimani qui mentre mi assicuro che lui non sia all'interno.»

La voce di Hannah trema mentre parla. «Non essere ridicolo.» Probabilmente sta cercando di convincersi che vada tutto bene. E andrà tutto bene se seguirà le mie istruzioni.

Infila la chiave nella serratura e si fa da parte per lasciarmi entrare. Giro la maniglia ed entro nell'appartamento. Le luci sono spente e io non le accendo, in modo da non segnalare a nessuno la mia presenza.

Ispeziono ogni stanza, l'armadio e persino dietro la tenda del bagno. Non c'è traccia di Mark o di chiunque altro. Tuttavia, sul letto c'è una busta rossa. Con un pennarello nero, qualcuno ha scritto sulla busta *Hannah* in corsivo.

Afferro la busta e me la infilo nella tasca della giacca. Se si tratta di una lettera di minacce, non voglio che la legga e si turbi. E se non lo fosse e si trattasse invece di una lettera di scuse, semplicemente non sarebbero sincere. Probabilmente il bastardo sta solo cercando di ingannarla e strisciare nuovamente nel suo cuore. In ogni caso, la lettera porta guai. Non dovrà mai vederla. Ho giurato di proteggerla da quel perdente.

«Libero» dico, aspettando che Hannah entri.

Hannah entra nell'appartamento e accende la luce. «La sua roba è ancora qui» dice con un sospiro.

Tiro fuori dalla tasca il cellulare. «Hai fatto qualche foto? Nel caso in cui ti abbia danneggiato la casa.» Mio cugino è passato attraverso un brutto divorzio e ricordo che il suo avvocato lo aveva avvertito di documentare tutto.

«Non ci ho nemmeno pensato» risponde.

È tranquilla, riservata, e si dirige con sicurezza attraverso il corridoio, oltre il soggiorno, fino alla camera da letto.

«Vuoi una mano?» mi offro, non voglio esagerare. Lei prende un borsone da sotto il letto e lo apre.

«Certo, prendi i miei vestiti dal comò.»

È venuta al complesso con una sola valigia, ma quando l'ha fatta non aveva programmato di restare con me a tempo indeterminato. Sono sinceramente sorpreso che abbia avuto il tempo di fare anche solo una valigia, ma sono sicuro che non abbia piegato i vestiti in modo ordinato. Probabilmente ha infilato tutto quello che poteva e il più velocemente possibile.

Apro il primo cassetto e cerco di non guardare le mutandine e i reggiseni di pizzo. Ce ne sono talmente tanti che sarebbe più facile togliere il cassetto dal comò e rovesciarne il contenuto nella valigia. Lo faccio senza pensarci troppo e guardo la sua biancheria sexy cadere in valigia.

Hannah è in piedi accanto all'armadio, stacca i vestiti dalle grucce uno alla volta. Mi lancia un'occhiata da sopra la spalla e alza un sopracciglio. «Hai il terrore di toccare le mie mutande?»

«No.» Non pensavo che volesse che toccassi i suoi indumenti intimi. Infilo la mano nel suo borsone e recupero un perizoma nero di pizzo. «Ti sembra che abbia problemi a toccare le tue mutande? Ti dirò, preferirei di gran lunga toccare quelle che indossi piuttosto che queste.»

Le guance le vanno in fiamme e torna a guardare l'armadio, evitando il contatto visivo con me. «Puoi rimetterle nella borsa.»

Allento la presa e lascio che le sue mutandine ricadano nel borsone. «Certo. Tutto quello che vuoi, *Zaya*.» Prima di svuotare il cassetto successivo, riporto questo nel comò e lo faccio scorrere sul binario.

In meno di un'ora abbiamo fatto diversi viaggi fino alla mia macchina, l'abbiamo caricata dei vestiti di Hannah e di Bay, e di diversi sacchi della spazzatura pieni dei giocattoli di Bay. Se avessi saputo che sarebbe rimasta a corto di bagagli, avrei portato diversi borsoni e scroccato qualche scatola.

«Cè altro?» chiedo. Il suo appartamento è parecchio arredato, ma posso fare in modo che alcuni dei nostri uomini trasportino le sue cose al complesso o in un deposito. Questo può aspettare. L'obiettivo è prendere tutto ciò di cui abbia bisogno o di cui potrebbe avere bisogno nell'immediato futuro.

Hannah si dirige in salotto verso il tavolino. Si china e apre il cassetto, recupera un album di fotografie caratterizzato dall'impronta di una mano piccolissima sulla copertina. Devono essere foto di Bay da neonata.

«Ora sono pronta.»

Usciamo dall'appartamento, Hannah prende le chiavi della macchina e scendiamo insieme al piano di sotto. «Ti seguirò fino al lavoro. Solo per assicurarmi che Mark non sia lì ad aspettarti.»

«Luka, è un po' eccessivo. Non credi? Non sono preoccupata. Al centro medico c'è la sicurezza e lui non sa nemmeno che devo lavorare oggi pomeriggio. Non è il mio solito turno.»

«Va bene, allora andrò alla caffetteria vicina al centro medico.»

«Ci sono molte altre caffetterie più vicine.» Hannah schiaccia il pulsante per aprire le portiere dell'auto e si dirige verso di essa. Ha parcheggiato a qualche auto di distanza da me.

Aspetto che sia in macchina prima di andare verso la mia. «Sì, ma lì hanno i biscotti migliori» dico. Non ho mai provato i loro biscotti, ma cazzo, non intendo perderla di vista finché non saprò che è al sicuro. Se sapessi dove si trova Mark in questo momento, non sarei così preoccupato. Dovrebbe essere al lavoro, ma temo che sia fuori di sé e che possa fare del male a Hannah.

# QUINDICI

*Hannah*

«Mi ha seguita fino al lavoro» racconto a Madisyn come è andata la mia mattinata.

Sta facendo il doppio turno, cosa che sicuramente non la riempie di gioia, ma io sono grata che sia qui e di avere qualcuno con cui parlare nei momenti morti.

«È protettivo» dice Madisyn. «Non è necessariamente una caratteristica negativa. Vuole solo essere certo che tu sia al sicuro.»

«E seguirmi fino al lavoro... è eccessivo.» Non si rende conto che gli stalker si comportano così? «È come un enorme campanello d'allarme.»

«Allora rompi con lui.» Madisyn mi guarda, mentre digita qualcosa sulla tastiera del computer della postazione delle infermiere.

«Non stiamo insieme» rispondo perplessa. «E anche fosse, come potrebbe mai funzionare?» prendo la mia tazza di caffè e ne bevo un sorso. Non è neanche lontanamente buono come quello del bar in fondo alla strada, ma non volevo fermarmi lì con Luka alle calcagna. Faccio una smorfia, il caffè è amaro e bollente.

«Dimmelo tu, sei tu che hai avuto sua figlia» continua Madisyn. «Senti, capisco che si tratti di una situazione unica. Dovete solo trovare un equilibrio, parlare di quello che volete, e partire da lì.»

«È un male che io voglia lui?» mormoro nella mia tazza.

Madisyn ridacchia, a quanto pare ha sentito la mia osservazione.

*Merda.*

«Allora diglielo» suggerisce. «È un ragazzo complicato e ci sono molte cose che non sai di Luka, ma dagli una possibilità. Accetta che sia protettivo. Non è sempre e solo un difetto, è anche un tratto caratteriale. Quell'uomo darebbe la vita per Bay e per te.»

«Non gli sto chiedendo di dare la vita per noi» dico.

«Sì, ma se ti stai impegnando con Luka, anche solo per dare a Bay una famiglia co-genitoriale, devi renderti conto del tipo di uomo che è e di quello che farebbe per la sua famiglia.»

Non poteva dirmi della sua natura iperprotettiva prima di presentarci? Anche se, a sua discolpa, non era nei piani incontrarlo al bar.

«Sai che ricordo ancora quella notte, quando abbiamo concepito Bay?»

«Spero tu intenda che ti ricordi il sesso con lui!» Madisyn ridacchia, non capendo bene cosa volessi dire.

«Ci penso ancora. A lui. Probabilmente perché è il padre biologico di Bay e questo mi ha legata a lui per sempre.»

Madisyn si sposta sulla sedia, incrocia le braccia sul petto e mi lancia un'occhiata tagliente. «Per sempre? Per diciotto anni direi, probabilmente quindici adesso.»

E questo dovrebbe farmi sentire meglio?

«Luka non è come tutti gli uomini che hai frequentato. È l'esatto opposto di Mark, che non mi è mai piaciuto, se devo essere sincera. Dovresti dare una possibilità a Luka.»

«Vuoi dire che Luka è un bravo ragazzo?» bevo un altro sorso di caffè e faccio una smorfia. «C'è bisogno di un po' più di zucchero.»

Tossisce e si gira verso il computer. «Ho molte cose da fare. Ci vediamo dopo?»

«Sì, certo.» Mi sta respingendo o è veramente impegnata con il lavoro? Non saprei dire, ma il fatto che debba fare il doppio turno mi fa pensare che non sia per via delle mie domande.

———

Svolto l'angolo del corridoio e mi imbatto in Mark. «Che ci fai qui?» mi si chiude lo stomaco e faccio un passo indietro prima di guardare verso il corridoio alla ricerca di Madisyn o di chiunque altro possa aiutarmi in caso di necessità.

Non mi fido di Mark e, anche se siamo in un posto pubblico con molti addetti alla sicurezza, non lo voglio qui.

«Hai trovato la mia lettera? Dobbiamo parlare» risponde lui. Mi afferra il braccio e le sue dita affondano nella mia carne.

«Lasciami immediatamente» stringo i denti e strappo il braccio dalle sue grinfie. *Di cosa diavolo sta parlando?* «Che lettera?»

«Riguarda il tuo nuovo ragazzo. Quello con cui stai giocando all'allegra famigliola» risponde Mark.

«Non voglio starti a sentire.» L'uscita più vicina è dietro di lui, il che non aiuta. Mi affretto nella direzione opposta, attraverso il lungo corridoio, passo davanti a diverse stanze di pazienti e le supero. L'ultima cosa che voglio è mettere in pericolo la vita di uno di loro mentre cerco riparo.

I passi di Mark rimbombano sul pavimento di linoleum mentre mi insegue, quindi mi afferra per il colletto della camicia e mi fa girare, in modo che gli sia di fronte.

«Ne ho abbastanza dei tuoi giochi e delle tue buffonate, Hannah. Tu vieni con me.»

Gli pesto il piede sull'alluce e gli do una ginocchiata nell'inguine. «Non vengo da nessuna parte con te!»

Questo basta a spaventarlo e lascia la presa su di me.

Madisyn si precipita in corridoio da dietro l'angolo. «Esci di qui!» grida a Mark. «Ho già avvisato la sicurezza. Se resti qui, ti denunciamo e ti facciamo arrestare.»

Mark fa un passo indietro, sembra aver capito l'antifona. Alza le mani in segno di finta resa. «Non finisce qui, Hannah.»

«Invece sì!» grido e indico la porta, furiosa. «Non voglio vederti mai più.» Le mie mani si stringono a pugno sui fianchi. L'adrenalina mi scorre nelle vene mentre lo guardo dirigersi verso l'ascensore, con le spalle ricurve.

Finge di essere stato sconfitto. Riesco a percepire la finzione da qui. È una recita. Forse Mark avrebbe dovuto scegliere un'altra professione. È molto bravo a interpretare il personaggio che l'ho visto portare in scena fino a pochi giorni fa. Ho sempre creduto che fosse qualcun altro. Mi ha ingannata.

Madisyn insegue Mark per assicurarsi che prenda l'ascensore. Solo dopo che sparisce dietro le doppie porte Madisyn torna verso di me. «Stai bene?» mi chiede, lanciandomi un'occhiata eloquente. «Ti ha fatto del male?»

Mi strofino il braccio. «Sto bene. Mi fa solo un po' male il braccio.»

«Dovresti sporgere denuncia alla polizia» dice Madisyn sollevandomi la manica. Le sue dita hanno lasciato uno spesso segno rosso che probabilmente si trasformerà in un livido.

«Lascia stare. Cosa potrebbero mai fare? Devo tornare al lavoro. Ho dei pazienti da controllare.»

«Hannah» mi chiama Madisyn.

La ignoro. Tanto so già che dovrò vedermela con lei a casa. Sono sicura che lo dirà a Luka, e se non lo farà, lo farà sicuramente Mikhail quando gli confiderà quel che è successo.

Mi fido di Madisyn, ma non confido nel fatto che manterrà il segreto su Mark.

————

Mancano poche ore alla fine del mio turno. Guardo l'orologio sul muro, Luka dovrebbe già essere andato a prendere Bay all'asilo. Non ho sentito per telefono né la scuola né Luka.

Madisyn si avvicina a me e mi guarda il braccio. La manica fa un discreto lavoro nel nascondere il livido laciatomi da Mark.

«Io vado.»

«Non dovevi fare il doppio turno?» chiedo.

Madisyn si è già tolta il camice da lavoro. La borsa in spalla. «Dovevo, ma sono stata chiamata nell'ufficio del preside» dice con un sorrisetto.

«Non sapevo fosse una cosa positiva.» Il sorriso sul suo volto è il più genuino che abbia mai visto, ma non riesco a capire perché sia sempre così dannatamente criptica con me. Ho rinunciato a cercare di darmi una spiegazione sensata quando si tratta della sua vita e di quello che fa. Se vorrà confidarsi con me, lo farà.

Madisyn si appoggia una mano sulla pancia. «La mia visita medica è stata anticipata. Mikhail mi accompagnerà a casa subito dopo.»

«Va tutto bene?»

«Tutto bene. Sei sicura di sentirti serena qui? Vuoi che dica a Mikhail di mandare uno dei suoi uomini a tenere d'occhio il piano?»

Il sorriso scompare dal mio volto. «Intendi una guardia del corpo?» Sembra una cosa terribile e imbarazzante al tempo stesso. «Non ho bisogno di un babysitter.»

«Non è per te. È per accertarci che Mark non torni» dice Madisyn. Si dirige verso l'ascensore e io la seguo per il corridoio. Tanto sono diretta in quella direzione, verso la postazione delle infermiere.

Dovrei preoccuparmi? «Ho la faccia di una persona preoccupata?»

Madisyn preme il pulsante dell'ascensore. Mi rivolge uno sguardo da sopra la spalla. «Sei forte, lo capisco, ma Mark non se ne andrà solo perché gliel'hai chiesto. Ho già avuto a che fare con uomini come lui.»

«Resterò con Luka. Andrà tutto bene.»

La sua fronte si stringe in una ruga di preoccupazione. «Ho solo paura che non sia sufficiente. Parlerò con Mikhail....»

«Ti prego di non farlo.» Mi metto dietro la postazione delle infermiere. Voglio solo che questa conversazione finisca. Può entrare nell'ascensore e andarsene?

«Va bene, ma devi dire a Luka che Mark è passato di qui.»

Questa è una conversazione che non voglio avere con Luka. «Lo farò, ma prima fammi finire di lavorare.»

Le porte dell'ascensore si aprono e Madisyn entra. Sono sollevata che se ne sia andata. So che sta solo cercando di aiutarmi, ma mi dà sui nervi. Trasferirsi da loro è stata una cattiva idea?

E poi, da quando in qua gli uomini adulti vivono con il proprio capo? Non riesco ancora a capacitarmi della situazione, tranne per il fatto che Mikhail debba essere molto ricco e voglia sempre essere attorniato da una grande sicurezza.

Ma anche i miliardari permettono ai loro dipendenti di andare a casa. No?

# SEDICI

*Luka*

Andare a prendere Bay all'asilo si rivela più facile di quanto immaginassi. La riporto al complesso e la conduco nello studio, dove l'attende la scatola dei giocattoli.

Chiedo a una delle guardie, Anton, di aiutarmi a scaricare la macchina con le cose di Hannah. La maggior parte delle borse viene portata in camera sua, tranne una piena di giocattoli che chiedo ad Anton di portare nello studio, affinché Bay possa giocare con i propri giocattoli.

La luce in alto è forte, quindi abbasso le luci e mi siedo sul divano per tenere d'occhio Bay. Non posso aspettarmi che Mikhail o una delle altre guardie facciano da babysitter a Bay, né voglio lo facciano. È mia figlia. Voglio prendermi il tempo necessario per conoscerla.

Bay si mette vicino al camino. Il focolare è spento, ma a lei non importa molto. Afferra l'autopompa e la volante della polizia dalla scatola e le fa rotolare sul pavimento. Una scatola pina zeppa di giocattoli e la bambina prende sempre gli stessi due. Devono essere i suoi preferiti. Oppure le piacciono le macchinine.

Sembra passata un'eternità da quando i gemelli correvano in cortile, anche se in verità non è passato così tanto tempo da quando Aleksandra risiedeva in casa di Mikhail con i gemelli, Sophia e Liam.

Avrei dovuto sposarla, proteggerla, trasferirmi in Russia per tenere al sicuro lei e i gemelli. Tutto ciò per ordine di Mikhail e, sebbene ci conoscessimo bene all'epoca, non posso dire che desiderassi costruire tutto ciò con Aleksandra. Ma sono un soldato ed eseguo gli ordini, in particolare quelli che mi impartisce Mikhail Barinov. Non tutti possono passeggiare sul viale dei ricordi, specialmente non i deboli.

Mi si chiude lo stomaco al ricordo di ciò che ho fatto ad Aleksandra, del dolore che le ho causato.

Ha tradito la famiglia e ha sposato un don italiano. Probabilmente voleva fare un dispetto a Mikhail, e ha funzionato.

Spero che sia felice ora che ha la vita che ha sempre desiderato.

Se l'avessi sposata, non avrei mai saputo che Bay è mia figlia. Sarei stato in Russia a comandare la Bratva, a dare ordini ai nostri uomini.

È strano pensare a come sarebbero andate le cose. Sposarla avrebbe fatto male a entrambi, ma l'avrei fatto per Mikhail. Sono un principe delle tenebre, non un eroe.

Hannah non ha idea di quel che avviene sotto i suoi piedi e di quello che facciamo quotidianamente. L'ho tenuta all'oscuro del riciclaggio di denaro che avviene proprio sotto il nostro stesso tetto, degli assassini che abitano qui e dei contrabbandieri. I nostri uomini, i soldati che lavorano per Mikhail, si occupano di tutto, dai documenti illegali al disfarsi dei corpi dei nostri nemici.

«Papà» la dolce voce di Bay attira la mia attenzione.

La mia bocca si asciuga al suono di quella semplice parola. «Sì, tigre?» chiedo e mi chino in avanti, con le mani giunte in grembo.

Lei si alza e si avvicina al divano. «Ho fame. È ora di fare merenda.»

Hannah non ha parlato di cosa darle da mangiare o della merenda. Bay dovrà cenare prima o poi, ma Hannah tornerà tardi stasera.

«Cosa ti piacerebbe mangiare?» chiedo.

Perché ho l'impressione che tutto ciò che elencherà non sarà presente nella dispensa o nel frigorifero?

«Budino al cioccolato, torta al cioccolato, gelato al cioccolato.»

«Noto una costante» tiro Bay in grembo. «Fammi indovinare, il tuo cibo preferito è il cioccolato?»

Bay annuisce con entusiasmo. I suoi occhi azzurri brillano di luce propria.

«Tua madre ti lascia mangiare tutte queste cose prima di cena?»

La bambina arriccia il naso e ridacchia. «Per favore?»

Se non fosse mia figlia, probabilmente non cederei così in fretta, ma accidenti, quel sorriso e quei teneri occhi azzurri mi sciolgono. «Vieni, vediamo cosa c'è in cucina» le dico.

La sollevo dal divano e la porto in braccio fuori dallo studio fino in cucina.

«Papà, cioccolato.»

Bay non si fa problemi a dire quello che vuole. Scommetto che ha preso da sua madre.

«Tua madre non si arrabbierà se mangi del cioccolato prima di cena?» chiedo.

Sono quasi le quattro del pomeriggio e presto dovremo decidere cosa mangiare per cena. Non so cosa mangi la bambina, ma sono sicuro che mi chiederà cose che solitamente non mangia.

Non è solo la somiglianza con Hannah a essere inquietante. Le assomiglia in tutto, dalle espressioni ai modi di fare, dagli occhi azzurri ai capelli bruni. Giuro che Hannah potrebbe essere stata clonata.

Ma più guardo Bay, più vedo in lei pezzi di me, in particolare nella sua determinazione. Non è che io sia un mangione schizzinoso, ma so cosa voglio e non permetto a nessuno di ostacolarmi. Ho l'impressione che Bay, crescendo, diventerà molto simile a me. Non so se questo sia un bene o un male, a essere onesti.

Rovistiamo in cucina e trovo una mezza dozzina di biscotti al cioccolato nella dispensa. Permetto a Bay di mangiarne uno e spero che basti fino a cena.

La faccio sedere sul bordo del bancone e mi metto davanti a lei per assicurarmi che non cada.

«Latte» chiede, mentre mi sventola il biscotto in faccia.

«Non ti muovere» avverto e mi volto per prendere il cartone del latte dal frigorifero.

Lei non si muove. Almeno la bambina obbedisce di buon grado.

Le verso un bicchiere di latte e lo porto sul bancone. Lei inzuppa il biscotto nel latte prima di dargli un morso e spargere briciole ovunque.

«Dovresti farlo con gli Oreo» le dico.

I suoi occhi si illuminano e la sua bocca si apre. So già cosa sta per chiedermi.

«Li abbiamo appena finiti.»

Le spalle di Bay si abbassano mentre sgranocchia il suo biscotto e lo inzuppa nel bicchiere di latte prima di dargli un altro morso.

«Eccoti qui!» Mikhail entra di corsa in cucina con Madisyn alle calcagna. Quei due sono inseparabili da quando lei si è insinuata nel complesso.

«Che succede?» chiedo, lanciando loro un'occhiata, mentre Madisyn raggiunge Mikhail, le braccia incrociate sul petto.

«Mark è venuto al lavoro oggi pomeriggio.»

Un'ondata di rabbia mi attraversa. «Cosa?» afferro Bay e la rimetto in piedi per terra.

Lei allunga la mano verso il bancone, vuole il suo bicchiere di latte.

«Ecco a te» le porgo il bicchiere mentre finisce il suo biscotto.

«L'abbiamo cacciato, ma temo che possa aspettarla all'uscita» dice Madisyn.

«Puoi badare a Bay? Devo andare in ospedale» dico. Il suo turno non finirà prima di qualche ora, ma non dovrebbe rimanere da sola. Se Mark si fa vivo, devo essere lì a guardarle le spalle.

«Certo» dice Madisyn passandomi accanto.

Bay fa cadere il bicchiere, il latte si rovescia per terra e il vetro si frantuma sul pavimento. Gli occhi della piccola lacrimano e fa il broncio. «Scusa» singhiozza e le tremano le mani.

«Non fa niente. Pulisco io» dice Madisyn. Solleva Bay da terra e la mette sul bancone.

«Sei sicura?» sono combattuto tra aiutare Bay e occuparmi di Hannah. Non posso essere in due posti contemporaneamente.

«Sì, vai! Sarà un buon allenamento per me» dice Madisyn. Ci invita a uscire dalla cucina mentre pulisce i pezzi di vetro rotti sul pavimento.

«Vengo con te» dice Mikhail, guardando il suo telefono.

«Che succede?» ci dirigiamo verso il garage e io prendo le chiavi del SUV. Abbiamo una dozzina di veicoli e li usiamo in base alla situazione, dai pick-up ai SUV, dalle auto sportive alle auto di lusso. Le chiavi del SUV nero sono appese al muro. Schiaccio il pulsante per aprire il garage e prendo le chiavi prima di dirigermi verso la portiera del lato del guidatore.

«Ho fatto sorvegliare la casa di Hannah da Anton dopo che ve ne siete andati questo pomeriggio. Mark è lì in questo momento. Che ne dici, gli facciamo una visita?» suggerisce Mikhail.

«Speriamo che Mark stia facendo le valigie per andarsene per sempre dalla città» borbotto. Apro la portiera anteriore e salgo sul sedile prima di avviare il motore.

Mikhail si strattona la cintura di sicurezza sulle ginocchia e la fa scattare. «C'è solo un modo per scoprirlo.»

Metto in moto il SUV e stringo il volante mentre esco dal garage e percorro il vialetto verso i cancelli di metallo.

La guardia di turno apre il cancello quando ci vede arrivare. Mikhail fa un breve cenno al tizio che lavora all'ingresso.

«Com'è la situazione?» chiedo.

Il complesso si trova in una zona residenziale e solitamente non c'è un gran traffico, ma mano a mano che ci inoltriamo nella città e ci avviciniamo all'abitazione di Hannah, diventa sempre più evidente come sia l'ora di punta.

Mikhail prende il telefono e apre l'applicazione per controllare Mark. «È ancora lì» sbuffa Mikhail sottovoce.

«Cosa?»

«Il bastardo non sta nemmeno facendo le valigie. È in salotto a guardare la televisione.»

Guardo Mikhail. «E come fai a saperlo?»

«Ho fatto installare delle telecamere sia in corridoio che nella zona giorno» ammette Mikhail, sollevando il telefono e mostrandomi lo schermo. Ci sono una mezza dozzina di immagini prese da diverse angolazioni che mostrano cosa stia accadendo nel suo appartamento in tempo reale.

«È un bene che Hannah non viva più lì» dico. Si arrabbierebbe moltissimo se scoprisse che Mikhail ha installato un sistema di sorveglianza nel suo appartamento.

Non è necessario che lo scopra. Inoltre, non tornerà a vivere lì. Non ce n'è motivo e non voglio che Mark si presenti lì senza invito ed entri nell'appartamento come se fosse il padrone di casa e stesse ancora con Hannah.

Il traffico è intenso e procediamo a rilento. Taglio la strada a un altro veicolo per cambiare corsia e svoltare a destra all'incrocio successivo. Non riesco a stare tranquillo nel traffico, soprattutto quando sono io a guidare.

«Non c'è di che, a proposito, per aver permesso a Hannah e a sua figlia di vivere sotto il mio tetto.»

Mikhail è in cerca di ringraziamenti?

«Lo apprezzo molto» ringrazio con voce burbera. Mi sto concentrando su come raggiungere l'appartamento il prima possibile e su come gestire Mark. Ho preso il SUV, quindi metterlo nel bagagliaio non è l'opzione migliore. Potremmo fargli il culo, ma sa chi siamo e dove abitiamo. A me non importa, ma sembra il tipo di persona che correrebbe subito dalla polizia a implorare protezione. Abbiamo già avuto abbastanza problemi con i federali e non abbiamo bisogno che bussino di nuovo alla nostra porta. Mikhail può essere riuscito a conquistare una di loro e a trasformarla in una di noi, ma non è detto che possa fare lo stesso con l'intero dipartimento.

«Davvero non sapevi di essere padre fino a questo fine settimana?» chiede Mikhail. Si sposta sul sedile per mettersi comodo e mi rivolge uno sguardo penetrante.

Non sono per niente rilassato. Vuole parlare di questo proprio adesso?

«Non sapeva come contattarmi» dico. Gli ho già raccontato la storia. Sta forse mettendo in dubbio quello che gli ho detto? La mia lealtà è verso di lui.

Mikhail si massaggia la mascella e ridacchia sottovoce. «Allora è un bene che tu non abbia sposato mia sorella. Merda. Immagina che situazione del cazzo se l'avessi sposata. Tu in Russia e Hannah qui.»

«Stai cercando di dire che sei felice che Aleksandra abbia sposato un italiano?» Non avrei mai pensato di vedere arrivare il giorno in cui la Bratva russa e la mafia italiana avrebbero raggiunto un compromesso. Non siamo alleati, ma non ci mettiamo neanche i bastoni tra le ruote.

«Non mi spingerei a tanto» dice Mikhail. I suoi occhi si stringono, mentre osserva il panorama fuori dal finestrino ed evita il mio sguardo.

Il traffico avanza, e io questa volta giro a sinistra e lancio la macchina in vicoli stretti per arrivare all'appartamento.

Davanti c'è un posteggio vuoto e parcheggio il SUV. Appena spento il motore, scendiamo dal veicolo e sbattiamo le portiere all'unisono.

Ci dirigiamo all'interno e saliamo in ascensore, diretti al suo appartamento. Non ho la chiave. Busso alla porta d'ingresso e Mikhail copre lo spioncino per evitare che Mark ci veda dall'altra parte della porta.

Passi pesanti risuonano sul pavimento e poi apre la porta senza nemmeno chiedere chi ci sia dall'altra parte.

«Non ti avevamo detto di andartene?» afferro Mark per i baveri e lo spingo all'indietro, lo trascino in salotto e lo blocco contro il muro. Gli ficco l'avambraccio sulla gola.

Mikhail chiude la porta dietro di noi e si assicura che i vicini non si siano accorti di nulla. Non siamo esattamente in rapporti amichevoli con la polizia.

«Ti piace picchiare le donne?» sono pronto a farlo a pezzi, arto per arto.

«Cosa? Certo che no.» Mark è magro e pallido. È come un fagiolino schiacciato contro il muro. Non ci vorrebbe molto a spezzarlo in due.

«Hai un'arma?» chiede Mikhail mentre tengo Mark appeso al muro.

Indossa pantaloni della tuta e una maglietta bianca. Dubito che abbia con sé un'arma.

«Non rispondo a questa domanda!» il labbro superiore di Mark ringhia, ma posso vedere la paura nei suoi occhi. Sta cercando di fare il duro, a prescindere dal fatto che siamo in due o che sia intimidito.

«Perquisiscilo» dico, lanciando un'occhiata a Mikhail.

Tengo Mark in posizione contro il muro e Mikhail lo perquisisce, accertandosi che non nasconda una pistola o un coltello. «È pulito.»

«Non direi proprio» sbotto e lo spingo via dal muro. Lo costringo a mettersi in ginocchio.

Estraggo la pistola, tolgo la sicura e la punto alla testa di Mark.

«Non hai il silenziatore su quella pistola» dice Mark. «Non la passerai mai liscia. Lo dirò a Hannah!»

«Mi stai solo dando altri motivi per spararti» dico.

Ma ha ragione. Non c'è il silenziatore e i vicini sentiranno sicuramente lo sparo e daranno un'occhiata al corridoio o fuori dalla finestra. Non voglio testimoni.

«Per ogni problema c'è una soluzione.» Mikhail tira fuori la pistola e monta il silenziatore che sfila dalla tasca del cappotto.

«Per favore, giuro che lascerò Hannah in pace» implora Mark. Non è un granché come combattente. Mi fa quasi passare la voglia di ucciderlo.

«Ti abbiamo già avvertito una volta» dico. «Ti è stato ordinato di starle lontano, di fare i bagagli e di andartene.»

«Stavo facendo i bagagli» dice Mark.

«Dove sono gli scatoloni?» chiede Mikhail. Prende la pistola con il silenziatore e fruga nell'appartamento. «Non vedo scatoloni. Tu vedi degli scatoloni, Luka?»

«Vedo solo un bugiardo» dico, lo sguardo fisso su Mark.

Mark mi colpisce la gamba con il braccio, usando tutto il suo peso per farmi inciampare. L'imbecille ha deciso di reagire.

Striscia sul pavimento e tenta di alzarsi, cercando la maniglia della porta.

Spingo Mark a terra e gli sbatto la faccia contro il pavimento di legno, rompendogli il naso. Le ossa non fanno un rumore piacevole rompendosi e il sangue gli cola sul viso. Cerca di pulirsi il sangue che continua a colare lasciando un disastro che richiederà l'intervento di una squadra di pulizie prima che Hannah possa mettere di nuovo piede in questo posto.

Mikhail osserva la scena, con la pistola ancora stretta nella mano destra. «Lo finiamo o lo lasciamo strisciare fino a casa dalla sua mammina?»

Vorrei finirlo, piantargli una pallottola in testa e non preoccuparmi più del fatto che possa infastidire

Hannah o mia figlia. «Dammi la pistola» tendo la mano a Mikhail.

«Sei troppo vicino a Hannah» dice Mikhail. «Quando te lo chiederà, e inevitabilmente lo farà, non puoi avere le mani sporche del suo sangue.»

«Sì! Sì! Dovreste lasciarmi vivere» implora Mark, con gli occhi che si allargano per la speranza. Si alza in ginocchio e si spinge in piedi.

«Riporta il culo a terra» grido a Mark, facendolo cadere di nuovo a terra. «Ieri ti ho avvertito che se avessi dato di nuovo fastidio Hannah ti avrei ucciso. Presentarsi sul suo posto di lavoro significa infastidirla. Pensavi che fosse una minaccia a vuoto?»

Ho giurato a Hannah che l'avrei protetta. Tocca a me. Hannah è una mia responsabilità.

# DICIASSETTE

*Hannah*

Mi tolgo i vestiti da lavoro e mi dirigo verso l'ascensore quando scorgo Luka in piedi vicino all'uscita. È appoggiato al muro di mattoni, a le braccia conserte.

«Cosa ci fai qui?»

Il suo vestito sembra spiegazzato, ma non saprei dire perché. Non ha un graffio sul viso, ma giurerei che abbia fatto a botte.

Lo guardo mentre schiaccio il pulsante di discesa dell'ascensore e intravedo le sue nocche. Lividi. Ha fatto a botte con qualcuno.

Mi si rivolta lo stomaco. Si è battuto con Mark? È per questo che non sembra la versione perfetta di sé che sono abituata a vedere? Tuttavia, non è che l'abbia visto così spesso prima di quest'ultima settimana.

«Madisyn mi ha detto cosa è successo.»

Non ci posso credere! Le avevo fatto promettere di non dire nulla a Luka. Avrei dovuto sapere di non potermi fidare di lei.

«Sei andato a prendere Bay all'asilo?» chiedo. Il mio cuore accelera. Se si fosse dimenticato di andare a prendere Bay a scuola, l'ufficio avrebbe dovuto chiamarmi e informarmi ore fa. Nessuno ha provato a chiamare l'ospedale e il mio telefono è fuori uso, dovrò comprare una nuova scheda sim prima di poterlo usare. Hanno chiamato il contatto di emergenza? Il nome di Mark è su quel foglio, ma sapevano di non potergli affidare Bay. Ho detto chiaramente che il suo nome doveva essere rimosso dalla lista delle persone adibite al ritiro.

Le porte dell'ascensore si aprono.

«Sì, Bay è a casa con Madisyn.»

«Dovrebbe essere a letto» dico. Sono le undici di sera. Entro nell'ascensore e Luka mi segue a ruota. Premo il pulsante per il piano terra.

«Sono sicuro che sia già a letto da tempo» afferma Luka.

«Non le hai rimboccato le coperte. Da quanto tempo mi stai aspettando qui fuori, vicino agli ascensori?»

Come ho fatto a non accorgermi che fosse qui? Ho cambiato postazione un paio d'ore fa, dovevo coprire un'altra infermiera e la sua postazione era all'estremità opposta del corridoio.

«Volevo parlarti quando avessi finito di lavorare» dice Luka. È cupo.

L'ascensore è vuoto, ci siamo solo noi. «È successo qualcosa?» chiedo.

«Mark è morto.»

Inspiro in modo affannoso e sussulto mentre cerco di digerire le sue parole. «Morto?» non riesco a respirare. Sto soffocando. Tutta l'aria all'interno dell'ascensore è stata risucchiata via e io sto lottando per sopravvivere.

«Hannah, respira» suggerisce Luka. Le sue mani sono sulle mie braccia. Sono forti e calde, ma non mi fanno male come quelle di Mark. Cerca di tranquillizzarmi. «Inspira.»

Inspiro profondamente.

«Espira» dice Luka.

Seguo le sue istruzioni.

L'ascensore suona e le porte si aprono. Il mio corpo è ricoperto di sudore gelido. Il cuore mi martella nel petto, e sto di nuovo boccheggiando per respirare.

«Che cosa è successo?» chiedo.

«Stai avendo un attacco di panico» mi fa notare Luka. Mi accompagna verso una panchina vicina e mi guida a sedermi. Si mette di fronte a me, le sue gambe mi bloccano per impedirmi di cadere in avanti in caso svenissi.

«Intendevo a Mark» dico. «Hai detto che è morto.» Non riesco a capacitarmene. Come ha fatto Luka a scoprire cosa sia successo a Mark?

«Mikhail ha mandato un paio di ragazzi a casa tua per vedere se Mark avesse bisogno di una mano per fare i bagagli.»

«Certo che sì» dico, fissando Luka. Non gli credo. Mi fa male anche solo pensare di porgli questa domanda, ma devo sapere. «L'hai ucciso tu?»

Luka fa un passo indietro, sconvolto dalla mia domanda. «Ha avuto un infarto, Hannah.»

Stringo le labbra ed esalo un sospiro di sollievo. Lo sguardo mi cade sulle mani giunte in grembo. «Era molto stressato negli ultimi due giorni.»

«Non incolpare te stessa per quello che ti ha fatto» Luka alza la voce e io mi guardo intorno, preoccupata che qualcuno possa ascoltare la nostra conversazione. Forse non dovrei vergognarmi di quello che è successo, ma non voglio che nessun altro sappia o che mi guardi come fa Luka, come se avessi bisogno di coccole. Non sono una bambina. So prendermi cura di me stessa. L'ho fatto per tutta la vita, ma adesso che c'è Luka? Dovrei lasciargli gestire tutto e consentirgli di aiutarmi?

Sospiro, mi sfrego la fronte e tiro fuori le chiavi della macchina dalla tasca.

È tardi e non c'è molta gente nell'atrio. Una guardia staziona vicino alla porta, ma è troppo lontana per riuscire a sentire la nostra conversazione.

«Mi dispiace.» Mi scuso con Luka per averlo accusato di aver fatto qualcosa a Mark. Luka non è un mostro. Non farebbe mai del male a qualcuno. Che razza di persona sono ad aver fatto pensieri così terribili?

Luka mi tira contro di sé. È caldo e forte e il profumo della sua pelle mi avvolge. È stranamente rilassante e quasi ipnotizzante.

Alla fine mi districo dal suo abbraccio. «Devo andare in garage. Ci vediamo a casa tua?»

«A casa nostra,» dice Luka, correggendomi, «e ci penso io a guidare». Apre la mano per farmi depositare le chiavi nel suo palmo.

«Come sei arrivato fin qui?»

«Mi hanno dato un passaggio» dice Luka. «Non puoi guidare dopo la notizia della morte di Mark. Sei sotto shock» mi guarda con attenzione.

Dovrei piangere? Sento un magone nel petto e un macigno sulla bocca dello stomaco. Gli occhi mi bruciano, ma non per le lacrime. Piuttosto per la mancanza di sonno.

Non ha senso discutere con Luka. Sta cercando di fare la cosa giusta e lasciargli guidare la macchina fino a casa non sembra un'idea così terribile. Gli lascio le chiavi in mano, lui stringe le dita intorno alle chiavi e mi prende a braccetto. «Coraggio, portami alla macchina» dice Luka. «E per la cronaca, non stiamo andando a casa mia. È casa nostra» ci tiene a ribadire.

Non so se sia per il poco sonno o perché sono emotivamente provata dalla notizia della morte di Mark. C'è voluto un po', ma la bomba esplode. Questa affermazione, *è casa nostra*, mi fa crollare sulle ginocchia. I singhiozzi mi scuotono.

Luka è calmo, forte, una roccia che mi avvolge tra sue le braccia. La sua mano mi accarezza la testa e giuro di riuscire a sentire il suo battito accelerare contro il mio petto. Le mie lacrime bagnano la sua camicia. Non voglio piangere, star male, crollare. Soprattutto non mentre sono al lavoro, ma almeno sono nell'atrio e non sul piano, dove i pazienti possono vedermi.

Mi fa male il petto e non capisco perché. Mark mi ha fatto male. Mi ha spezzata in due. Ha tradito la mia fiducia, ha finto di essere qualcuno che non era, ha trattenuto nell'appartamento Bay e me contro la nostra volontà. Ma stavo per iniziare una vita con lui, stavo per diventare sua moglie. Sentimenti di questo tipo, per quanto lo voglia, non svaniscono nel nulla all'improvviso.

Luka guida la mia auto al complesso che ora chiamo casa. È strano vivere sotto il tetto di un altro uomo. Non è casa mia, non ancora. Forse con il tempo la sentirò come tale, quando mi sarò adattata al nuovo mondo che mi circonda. Ma per il momento mi sento tramortita. Congelata.

Luka mi accompagna in casa. Non ricordo nulla del tragitto verso casa, a parte il fatto di essermi seduta sul sedile anteriore. Il mondo intorno a me è una macchia indistinta.

«Hai fame? Hai cenato al lavoro?» Mi chiede Luka. Mi infila una ciocca di capelli ribelli dietro l'orecchio e mi rivolge tutta la sua attenzione.

Un tizio si avvicina a Luka. «Posso parlarti un attimo?»

«Al momento sono occupato, Nikita. Può aspettare?»

«Vieni da me quando hai un momento libero» dice Nikita e attraversa il corridoio prima di entrare in un ufficio.

«Di che cosa si tratta?» chiedo. «Lavori anche a quest'ora?»

«Lavoro a tutte le ore» dice Luka e sorride calorosamente. Mi accarezza la mascella con il pollice e per un attimo penso che potrebbe baciarmi. Ma non lo fa.

«Se non hai fame, posso rimboccarti le coperte, che ne dici?» mi chiede.

«Bay sta dormendo» gli ricordo e gli offro un sorriso rassicurante sul fatto che so badare a me stessa. «Non voglio svegliarla.»

Le sue mani si stringono attorno alla vita, e mi trascinano verso di lui. «Potresti dividere il letto con me.»

«Probabilmente non sarebbe una grande idea» dico. Anche se il pensiero è allettante, non dovrei cadere nel suo letto per dimenticare Mark.

Non allenta la presa sui miei fianchi. Le sue mani sono ferme sulla mia schiena. Il tocco di Luka è rilassante, ma non nel senso che concilia il sonno. «Non dobbiamo per forza andare a letto insieme» dice, inchiodandomi con lo sguardo. «Mi hanno detto che faccio degli ottimi massaggi.»

Ansimo e giuro che probabilmente è in grado di sentire il battito furioso del mio cuore nel petto.

«Oppure, se sei esausta, possiamo semplicemente dormire» insiste.

Già, come se ieri sera fossimo stati solo due amici che bevevano qualcosa insieme. E per poco non ci siamo ritrovati nudi. Non che me ne penta, ma dovremmo fare le cose con più calma.

«Per quanto sia un'offerta allettante, Bay si chiederà dove sia domattina appena sveglia.»

Sorride e allenta la presa. Luka non è minimamente turbato, ma è sincero. «Trovi una scusa per tutto, non è vero?»

«Beh, viviamo insieme. Non dovremmo cercare di far funzionare questa cosa? Come co-genitori.» Sto cercando di essere una buona madre per Bay, metterò sempre i bisogni di mia figlia al di sopra dei miei.

«È questo che vuoi?» chiede Luka. Mi fa indietreggiare e mi blocca contro il muro del corridoio, intrappolandomi.

Il calore della sua vicinanza fa sì che il mio respiro si faccia più ansimante. Il suo sguardo è penetrante, la sua bocca si apre e china la testa, la sua voce è un sussurro mentre le sue labbra mi sfiorano l'orecchio. «Possiamo non far nulla e rimanere professionali. Ma voglio sentirti dire che quello che c'è stato non ha significato nulla per te e che non accadrà mai più.»

«Non ho mai detto che non abbia significato nulla.» Appoggio la testa al muro e la sollevo verso l'alto per fissare gli occhi nel suo sguardo di fuoco. Le mie labbra si schiudono e già ansimo. Il corridoio è soffocante e il suo sguardo intenso non fa che riscaldarmi ulteriormente. «Sono ancora attratta da te, Luka. Questo non è cambiato.» Non nascondo i miei desideri o i miei sentimenti verso di lui. Non c'è motivo di fingere quando può vedere la verità con tutta evidenza.

«Perché non fare un tentativo?» mi chiede.

«Mark è appena morto. Vuoi davvero fare questa conversazione ora?»

«Ho chiesto solo di poterti rimboccare le coperte» continua Luka. Non distoglie lo sguardo. Appoggia una mano contro il muro e l'altra sul mio fianco.

Il suo tocco è la mia rovina. Le sue mani spesse e ruvide mi accarezzano il fianco, le sue dita accarezzano la mia pelle nuda sotto l'orlo della camicia. Il mio respiro è affannoso e le mie palpebre si fanno pesanti.

«Ecco» sussurra, soddisfatto della mia reazione. «Rilassati.»

Getto la testa all'indietro e le sue labbra si attaccano al mio collo, succhiando e mordicchiando delicatamente la mia pelle. Le sue dita stuzzicano la cintura dei miei pantaloni, sfiorano il mio stomaco, il suo tocco fa fremere le mie viscere e mi inonda di desiderio.

«Questo non è rimboccarmi le coperte» rantolo. Voglio che lui mi metta a tacere dandomi quello che Mark non è mai riuscito a darmi. Senza dubbio, Luka sa di avermi fatto arrapare ed è orgoglioso dei suoi risultati.

Gli angoli delle sue labbra si piegano verso l'alto. «Suppongo di no.» Luka si avvicina, le sue labbra mi stuzzicano, mi sfidano a baciarlo. Ma non le posa sulle mie. «Vuoi che mi fermi? Perché basta che tu dica anche solo una parola e ti lascerò andare di sopra, a letto.»

«Voglio che mi porti sul tuo letto e che faccia di me quello che vuoi» dico.

Luka ringhia mentre mi mordicchia il labbro inferiore e lo tira tra i suoi denti. «Lo voglio anch'io, *Zaya*.»

Gemo e Luka spinge la sua coscia tra le mie, esercitando una pressione perfetta sul mio clitoride. Chiudo gli occhi e faccio di tutto per non strusciarmi sul suo ginocchio. Ma lui sembra avere altre idee. Il suo ginocchio spinge verso l'alto e non riesco a trattenere un gemito. Fa un po' di pressione e ripete il movimento.

Può vederci chiunque. Uno dei suoi colleghi era in corridoio solo qualche minuto fa. Dov'è andato?

«Luka» faccio le fusa, le mie unghie sono artigli nella sua schiena. Mi farà impazzire di desiderio.

Mi tiene inchiodata al muro, il suo ginocchio spinge contro il mio clitoride e mi fa scaldare e pulsare le viscere.

Si china in avanti, le sue labbra sfiorano il mio orecchio. Sussurra: «Verrai per me, *Zaya*.»

Io mugolo.

Il corridoio è a mille gradi e vorrei strapparmi i vestiti di dosso, ma chiunque potrebbe entrare e vedere quello che stiamo facendo. E sebbene sia tardi e la maggior parte degli abitanti della casa stia dormendo, alcuni uomini sono svegli, camminano per i corridoi, ed eseguono qualsiasi cosa debbano fare per lavoro.

I loro passi si avvicinano al corridoio e un brivido mi scuote il corpo.

Luka continua a strusciare il suo ginocchio contro tra le mie cosce. La sua erezione preme contro di me e io avvicino una mano alla fibbia della sua cintura, voglio slacciargli i pantaloni. Voglio dargli piacere, toccarlo e farlo eccitare ulteriormente.

«No, questo è per te» dice Luka e mi blocca le braccia contro il muro.

Sono in paradiso e all'inferno. Voglio che Luka mi scopi con violenza, ma la prospettiva di essere vista non mi entusiasma.

«Di sopra?» dico con voce roca.

Le labbra di Luka mi solleticano il collo e lui si tira leggermente indietro per incontrare il mio sguardo. «Si può fare.» Mi prende per mano e mi conduce nella sua camera da letto. Chiude la porta e mi spinge contro la parete. Le nostre bocche si fondono in un bacio appassionato. Di questo passo non arriveremo mai al letto, e non mi importa.

Mi strattona la maglietta, me la toglie e la getta dall'altra parte della stanza. La sua camera è scarsamente illuminata, le sue dita toccano i lividi sul mio collo. L'attenzione di Luka si concentra sui segni lasciatimi da Mark.

«Sii grata che sia morto» dice Luka, posando le labbra sul mio collo. «Ucciderò chiunque oserà toccarti anche solo con un dito.»

Inspiro affannosamente mentre penso alle sue parole. Non ho mai chiesto la protezione o la devozione di Luka. Una dozzina di pensieri contrastanti riguardo Luka e Mark cominciano ad attraversarmi la testa, ma vengono messi a tacere quando Luka spinge la sua bocca sulla mia e la sua lingua entra nella mia bocca.

Le mie dita gli stringono i capelli, lo avvicino a me e lo spingo verso il letto. Ho bisogno di dimenticare il dolore, di cancellare i ricordi che mi perseguitano. Luka è l'unico uomo in grado di farmi sentire viva.

«Preservativo?» chiedo per assicurarmi che siamo pronti, sebbene Luka sia ancora vestito e io non mi sia ancora tolta i pantaloni.

«Rallenta, *Zaya*» dice Luka e sorride. Mi gira e mi guida sul letto.

Indietreggio e lui si struscia su di me, le dita ruvide e calde che mi abbassano i pantaloni. Me li tira via e li getta dietro di sé.

Si arrampica tra le mie gambe e posiziona una mia gamba sulla sua spalla mentre si china verso le mie mutandine e sfiora il tessuto sottile. «Sei già bagnata per me» si compiace dei risultati ottenuti.

Mi stuzzica attraverso il materiale fragile e giuro che riesco a sentire la sua lingua anche attraverso le mutandine. Ma non bene come vorrei.

Lui percepisce il mio disagio e me le strappa, facendomi ardere ancor di più di desiderio. «Sei così fottutamente sexy nuda» sussurra Luka. Posa delicatamente la mia gamba sul materasso mentre sale sopra di me.

«Voglio vederti nudo.»

«Succederà» dice Luka, sorridendomi. I suoi occhi brillano e il cuore mi martella nel petto.

Afferro la sua camicia e la strappo, facendo saltare i bottoni.

«Quella era la mia camicia buona» il tono di Luka è deciso, mentre mi intrappola le braccia contro il materasso.

«Davvero? Ogni camicia che indossi è uguale alla precedente.» Gli sono stata affianco solo una manciata di giorni, ma si veste sempre allo stesso modo. Scommetto che tutte le camicie del suo armadio sono bianche.

Ringhia scherzosamente e si china, catturando le mie labbra mentre preme il suo peso contro di me.

Non riesco a trattenere il gemito che mi sfugge dalle labbra mentre avvolgo le gambe intorno a lui. Non voglio prendere il controllo, voglio alimentare il suo desiderio. Lotto con i suoi fianchi nel tentativo di girarci per poterlo spogliare adeguatamente.

Ma Luka ha altre idee che non prevedono che io torreggi su di lui.

«Sei mai stata legata al letto?» mi chiede Luka, le sue labbra mi accarezzano l'orecchio.

Mi si secca la bocca. L'idea mi intriga, ma non conosco Luka abbastanza per fidarmi di lui fino a questo punto, per abbandonarmi completamente a lui. È un passo enorme. «È una mia fantasia» confesso e mi mordicchio il labbro inferiore. «Ma non la realizzeremo oggi.»

Lui mi dà un altro bacio di fuoco sulle labbra e allenta la presa sulle mie braccia. Le mie mani si allungano, sfiorano il suo petto, toccano la sua pelle nuda e le mie dita scendono fino a toccargli la fibbia della cintura. Libero il fermaglio, lui si slaccia i pantaloni. Glieli tolgo, gli sfilo i boxer e ammiro ogni centimetro di lui.

«Mi stai fissando» mi dice.

Come potrei non farlo? Il suo cazzo è enorme, ben dotato e fa impallidire quello di Mark. Non che Mark fosse bravo a fare sesso.

Lascio che le mie dita passino sopra al suo stomaco mentre mi dirigo verso la mia destinazione, ma Luka mi afferra i polsi e mi spinge indietro sul materasso. «Ricordati che questa serata è dedicata a te.»

«Sì, ma voglio assaggiarti» dico, guardando in basso, anche se non riesco a vedere molto perché siamo entrambi premuti contro il materasso.

Lui cerca di nascondere il sorriso, ma i suoi occhi brillano. «Lo farai, la prossima volta che lo faremo» dice Luka.

Il cuore mi sbatte forte nel petto al pensiero delle sue parole. Non si tratta solo di una cosa occasionale, vuole che si ripeta.

La stanza è calda e sono certa di essere arrossita o per lo meno di arrossire.

«Rilassati, *Zaya*.» Rilascia la sua presa salda sulle mie braccia e mi bacia in modo appassionato dal collo lungo il busto. Ogni bacio me lo fa desiderare di più. È come se sapesse esattamente di cosa ho bisogno e me lo desse, ancora e ancora. La sua bocca è calda e stuzzica il mio interno cosce con una morbida scia di baci.

Inspiro affannosamente quando finalmente raggiunge la sua destinazione, ed è un milione di volte meglio di quanto immaginassi, con Luka.

Trascina la lingua lungo la mia figa, io tremo e rabbrividisco mentre mi assaggia, mi stuzzica e mi porta verso l'oblio.

Luka sa esattamente cosa fare e il cuore mi batte ferocemente nel petto, le dita dei piedi si curvano e la mia schiena si inarca sul materasso.

Dopo la prima ondata, Luka risale sul mio busto e mi bacia mentre prende un preservativo. Un attimo dopo infila il suo cazzo dentro di me, sicuro che io sia pronta per lui.

Luka riempie ogni centimetro di me e fa dolere le mie viscere nel modo più appagante possibile.

La stanza si riempie di gemiti e di respiri ansimanti, di boccate d'aria, di mormorii, mentre lui lo spinge dentro di me. Avvolgo le gambe intorno a lui per attirarlo più a fondo dentro di me. Voglio sentirlo più vicino, voglio che sia un tutt'uno con me.

Un'altra ondata mi travolge e lui mi morde il collo, lasciando un segno delizioso. Rabbrividisco e gemo, e Luka mi copre le labbra con le sue. Non riesco a capire se voglia farmi tacere perché altrimenti sveglierei tutta la casa o se abbia bisogno quanto me di fondermi con lui.

Non voglio che questo momento finisca mai, ma quando finisce, lui mi dà un bacio sulla fronte e si allontana per gettare il preservativo.

Cerco le coperte, esausta. Mi chiederà di tornare in camera mia? Dovrei, perché Bay è lì e si arrabbierebbe molto, al mattino, se si svegliasse da sola in una casa di relativi sconosciuti.

Ma invece chiudo gli occhi.

La luce del bagno si spegne e il letto si abbassa quando Luka si infila sotto le coperte con me. Mi tira a sé e mi fa accoccolare contro di lui.

«Non pensavo fossi un amante delle coccole» borbotto, mezza addormentata.

«Non lo sono» sussurra Luka contro il mio collo. «Di solito non lo sono. Ma voglio godermi ogni secondo di te nel mio letto.»

# DICIOTTO

*Luka*

Qualcuno bussa alla porta con decisione.

Ho dormito troppo. Do un'occhiata all'orologio. Sono le otto passate. Non che mi importi. Sposto una mano e trovo il letto freddo come il ghiaccio. Hannah deve essere sgattaiolata via questa mattina o durante la notte. Non l'ho sentita uscire.

«Un attimo!» afferro i boxer, me li infilo e poi apro la porta della camera da letto.

Nikita è vestito e pronto ad affrontare la giornata.

Io? Preferirei tornare a letto con la brunetta sexy al piano di sotto.

«Che c'è?» chiedo e mi massaggio la nuca.

Nikita annuisce. «Posso entrare?»

Apro la porta della camera da letto e lui si guarda intorno e nota i miei vestiti sparsi per la stanza. «Appuntamento bollente con la mammina di sotto?» il sorriso sul suo volto mi fa capire che non ha intenzione di mantenere il segreto.

«Che cosa vuoi, Nikita?»

«Ho le informazioni che Mikhail ha richiesto su Mark. Quando sono riuscito a risalire al suo nome completo, Markus Jacobi, ho capito subito il collegamento. È uno dei nostri» dice Nikita.

«Non può essere» scuoto la testa. Avrei riconosciuto Mark se avesse lavorato per la Bratva. Anche se non conosco tutti i soldati e gli associati, sono bravo con i volti e i nomi.

«Markus Jacobi era un collaboratore di basso livello. Si occupava principalmente della contabilità di uno dei club di proprietà di Mikhail.»

Mi chino, raccolgo i vestiti della sera prima, compresa la mezza dozzina di bottoni sparsi sul pavimento. «Hannah mi ha detto che era un contabile.»

«Da quello che ho capito, faceva la cresta sui soldi, solo un po' ogni mese, e li depositava su un conto oltremare, registrato alle Cayman. A quanto pare ha capito di esser stato coinvolto in uno schema di riciclaggio di denaro e ha deciso di accaparrarsi una parte dei nostri incassi.»

«Idiota» mormoro. «Chi era a conoscenza del furto?»

«Mark ha lavorato con Dmitri» dice Nikita. «Dmitri sospettava che Mark ci stesse derubando e ha fatto sorvegliare il suo ufficio da Anton, ma non casa sua.»

«Chi altri?»

«La squadra che si è occupata di installare le telecamere di sorveglianza. Dmitri non l'ha detto nemmeno a Mikhail perché non voleva che si preoccupasse, in caso si fosse sbagliato. Sai quanto Mikhail possa essere veloce a reagire. Dmitri non voleva saltare alle conclusioni. Non aveva prove, solo sospetti.»

«Ma Mikhail non ha riconosciuto Mark l'altra sera» dico. L'abbiamo spaventato per bene fuori dal complesso. Non avrebbe dovuto conoscere uno dei suoi dipendenti?

«Mikhail non ha mai incontrato direttamente Mark quando lavorava per noi e lo conosceva come Markus. Non aveva modo di capire che il fidanzato di Hannah fosse il nostro contabile.»

Prendo i miei vestiti dall'armadio e vado in bagno mentre ascolto Nikita attraverso la porta. «Quanto sa Hannah del coinvolgimento di Mark?»

«È per questo che sono venuto qui, a bussare alla tua porta» spiega Nikita. «Devo riferire a Mikhail quello che ho scoperto. Vuole sapere se ci si possa fidare della tua ragazza.»

Mi cambio i boxer e mi infilo i pantaloni prima di aprire la porta. «Hannah non sa nulla.» Prendo una camicia bianca e me la faccio scivolare sulle spalle, allaccio i bottoni dall'alto verso il basso.

«Sei sicuro? E il conto alle Cayman?» mi chiede Nikita.

«Glielo chiederò, ma potrebbe farmi delle domande sui nostri affari quando lo farò.»

———

Bay è seduta sul pavimento e gioca con i peluche che abbiamo portato qui da casa sua.

Hannah è sul pavimento con lei e fa finta di bere il tè con tutto lo zoo.

«Possiamo sederci e parlare?» chiedo a Hannah.

«Certo» risponde lei e si alza. «Torno subito. Resta qui, ok?» Hannah dà un bacio sulla fronte a Bay prima di seguirmi fuori dallo studio, in corridoio e nel mio ufficio. Mette un piede dentro e dà un'occhiata alla stanza. «Che succede?» incrocia le braccia sul petto. Non riesco a capire se abbia freddo o si senta a disagio.

«Siediti» le indico la poltrona di pelle. Lei aggrotta le sopracciglia ma fa come le dico.

«Luka che succede? Ti sei pentito di ieri sera?» la sua fronte è aggrottata e vorrei dirle che la notte scorsa non ha nulla a che fare con ciò che devo chiederle, ma non posso confortarla ora.

Qualcuno bussa bruscamente alla porta e Mikhail entra in ufficio. Vuole assistere, ma non voglio che diventi un interrogatorio. Per quanto mi riguarda, Hannah non ha fatto nulla di male. Mikhail è in piedi accanto alla porta, le mani giunte davanti a sé. Mi fa cenno di iniziare a parlare.

«Sapevi che Mark lavorava per Mikhail?»

Lei mi guarda da sopra la spalla e guarda il Pakhan. «No. Non me ne ha mai parlato.» Si sfrega la fronte e la sua attenzione torna su di me. «Aveva molti clienti importanti, ma non conosco nessuno di loro. Qual è il problema?»

«Il tuo fidanzato mi ha rubato dei soldi» dice Mikhail. Si avvicina e si mette accanto a me. «Crediamo che abbia creato un conto off-shore alle Isole Cayman per trasferirvi una percentuale dei nostri guadagni.»

Hannah sgrana gli occhi e raddrizza la schiena sulla poltrona di pelle. Sembra che abbia visto un fantasma. «È la prima volta che sento parlare di una cosa del genere. Mark fino pochi giorni fa era praticamente un santo ai miei occhi.»

Scambio un'occhiata con Mikhail.

«In che senso?» chiede Mikhail, invitandola a spiegarsi meglio.

Lei sospira e le sue spalle si afflosciano mentre mi fissa. «Tutto è cominciato quando ho incontrato Luka al bar con Madisyn. Quando Luka mi ha riportata a casa, ha incontrato Mark all'ingresso. In quel momento le cose sono cambiate. Mark è cambiato.»

Lancio un'occhiata a Mikhail. «È possibile che Markus mi abbia riconosciuto.» Lui rispondeva alla Bratva e, sebbene avesse un ufficio tutto suo nella nostra struttura, avremmo potuto facilmente incrociarci.

«Come sarebbe a dire che ti ha riconosciuto?» Hannah si alza e sposta lo sguardo da me a Mikhail. «Non so cosa stia succedendo, ma Mark è morto. Vuoi accedere al suo conto all'estero? Posso setacciare l'appartamento e vedere se trovo informazioni utili» dice Hannah.

«Non sarà necessario» dice Mikhail, lanciandole un'occhiata. La sta studiando, vuole assicurarsi che non gli stia mentendo o nascondendo qualcosa di importante. «Possiamo rintracciare il suo computer e trovare il denaro da soli.»

Non è così facile come sembra, ma Mikhail non glielo fa capire.

Hannah annuisce lentamente. «Mi dispiace che abbia contrariato te e la tua società.» Gli angoli delle sue labbra sono rivolti verso il basso. «Non ha mai parlato del suo lavoro o dei suoi clienti con me.»

«Aveva un solo cliente» dice Mikhail. Mi guarda e poi torna a guardare Hannah. «Ci daresti un minuto?»

Lei si alza dalla poltrona e si dirige verso la porta. «Un solo cliente, hai detto?» chiede Hannah sulla soglia.

«Esatto» dice Mikhail. «Era occupato a gestire le nostre pratiche e le nostre finanze.»

«Ha parlato di trasferirsi all'estero per lavoro. Era una menzogna, vero?» Hannah sospira, il labbro inferiore si increspa.

«Non sarebbe riuscito a trasferirsi» dico. Mark aveva intenzione di scappare e trasferirsi alle Cayman dopo averci sottratto abbastanza denaro per ricominciare da zero. Markus, come chiunque provi a rubare alla Bratva, ha vita breve. Doveva sapere che gli stavamo addosso. «Vai a fare compagnia a Bay. Verrò a chiamarti se avremo altre domande da porti.»

Hannah esce dal mio ufficio, chiudendosi silenziosamente la porta alle spalle.

Aspetto che sia fuori dalla porta e sia arrivata in fondo al corridoio. «Io le credo» dico, aspettando il parere di Mikhail. Il suo parere è l'unico che conta, ma voglio che sia chiaro che non credo che Hannah abbia fatto qualcosa di male.

«In base ai filmati di sorveglianza dell'ufficio di Markus mostratimi da Nikita, Markus non ha contattato né lei né nessun altro mentre lavorava lì. La sua storia sembra vera. Tienila d'occhio e assicurati che non cerchi di rubare informazioni utili. Però non ho motivo di sospettare di un suo ipotetico coinvolgimento.»

Tiro un sospiro di sollievo. È un bene che Hannah non sia sul radar di Mikhail, perché se lo fosse, probabilmente verrebbe gettata di sotto, in prigione, e interrogata con metodi molto più duri rispetto a una semplice chiacchierata in ufficio.

Mikhail esce dal mio ufficio e io mi siedo alla scrivania per finire di esaminare i filmati di sorveglianza che abbiamo registrato e cancellare il video della notte della morte di Mark.

Qualcuno bussa bruscamente alla porta. «Entra» dico a chiunque sia dall'altra parte.

Madisyn entra nel mio ufficio e si chiude la porta alle spalle.

«Che succede?» chiedo.

«Dobbiamo parlare.»

# DICIANNOVE

*Hannah*

*Qualche minuto prima...*

Mark mi ha mentito. Questa settimana va di bene in meglio. Prima mi ha trattenuta contro la mia volontà nell'appartamento. Poi è morto d'infarto. Ora scopro che ha rubato dei soldi alla società per cui lavorava.

«Mamma» dice Bay e mi spinge la teiera per riempirla. È tè finto, ma la mia mente è lontana un milione di chilometri e sono troppo distratta per ricordare come si faccia il tè finto.

Bay mi sale in grembo perché non faccio subito quello che vuole.

Si sentono dei passi pesanti lungo il corridoio e guardo la porta venire aperta da un signore che non riconosco e che entra nello studio. «Signorina, abbiamo trovato questa busta con le cose da lavare. Credo che sia finita per errore nel cestino dei vestiti sporchi.» Mi porge una busta rossa, sigillata.

Il mio nome è scarabocchiato sopra di essa, la grafia è quella di Mark.

«Dove l'ha presa?» chiedo, rincorrendo il signore e facendo sedere Bay sul pavimento.

«Come le ho detto, in lavanderia. Una delle governanti l'ha trovata insieme ai vestiti e ha pensato di restituirgliela.»

«Grazie» dico, studiando la busta.

Lui si affretta a tornare alle sue mansioni e scompare nel corridoio. Ho visto quel signore una o due volte, ma non ho ancora capito come si chiami.

Respiro nervosamente, non sono sicura di essere pronta a leggere il contenuto della lettera. E se fosse una lettera di scuse? Ne dubito. Probabilmente è una lettera che Mark mi ha scritto per dirmi che sono una persona terribile perché l'ho lasciato e che non sarò mai felice a meno che lui non faccia parte della mia vita. Non dovrei aprire la busta. Dovrei invece ficcarla nel tritacarte più vicino o bruciarla. Ma la curiosità ha la meglio su di me e strappo la busta per tirare fuori un biglietto scritto a mano da Mark.

*Hannah,*

*vorrei poterti spiegare tutto di persona. Ma non posso. Non finché vivi sotto lo stesso tetto della Bratva.*

*Ti avevo avvertito di stare lontana da Luka e di non dirgli che Bay fosse sua figlia. Non posso proteggerti se stai con lui. Per quanto volessi dirti tutto, sapere queste cose potrebbe farti uccidere.*

*Luka non è l'uomo che dice di essere. È un bugiardo. Ti ha detto che lavora per Mikhail Barinov, il più potente criminale della costa orientale?*

*Lo so solo perché anch'io lavoro per lui. Non l'ho mai incontrato; è troppo intelligente per sporcarsi le mani. Ma ci sono prove, non c'è traccia dei suoi affari illeciti.*

*Luka fa parte della Bratva russa. Sono uomini potenti e pericolosi e mi ucciderebbero pur di impedirmi di dirti la verità.*

*Se dovessi morire, sappi che non sono innocente, ma nemmeno loro lo sono. Sono assassini, ladri, signori della droga e criminali.*

*Fai attenzione.*

*Mark*

Il respiro mi si blocca in gola e leggo ancora una volta la lettera, assicurandomi di non aver tralasciato nulla. Infilo la busta e il biglietto in tasca.

Non possiamo restare qui. Se Mark ha detto il vero e Luka fa parte di un'organizzazione criminale, Bay non è al sicuro con Luka.

Afferro Bay dal pavimento.

«Mamma, giù!» esclama Bay mentre prendo il suo coniglio di peluche preferito, glielo porgo per tenerla occupata e mi affretto a percorrere il corridoio e a superare l'ufficio di Luka.

Non posso affrontarlo. Mi mentirebbe soltanto. Un uomo che lavora per la Bratva non ammetterebbe mai di aver compiuto crimini orribili.

Mi affretto a percorrere il corridoio, alla ricerca di Madisyn. È in cucina, sta prendendo uno spuntino dal frigorifero.

«Dobbiamo andarcene da qui» dico, tenendo la voce bassa.

Madisyn apre una vaschetta di gelato Ben and Jerry's, ne prende una cucchiaiata e se lo infila in bocca. Mi fissa come se fossi impazzita.

Vorrei esserlo davvero. Sarebbe molto più facile da sostenere rispetto alla consapevolezza che il padre di mia figlia è un mostro.

«Eh?» chiede Madisyn, aspettando che mi spieghi meglio.

Le mostro la busta e la lettera leggermente sgualcita, ma ancora del tutto leggibile. «Mikhail, Luka, fanno tutti parte della Bratva» dico. Guardo dietro di noi verso la porta aperta della cucina. «Io me ne vado da qui e porto Bay con me. Dovresti venire con noi» le lancio un'occhiata eloquente.

Lei è incinta, non può volere questa vita per suo figlio.

«Non me ne vado» dice Madisyn. «E credo che dovresti parlarne prima con Luka.» Prende un altro boccone di gelato, per niente sconvolta dalla notizia.

«Sapevi che fanno parte della Bratva?» non posso credere che non me l'abbia detto. Come può voler questo per suo figlio?

«Lavoravo per l'FBI» dice Madisyn.

Me l'aveva già detto una volta, ma non le avevo creduto. Pensavo che stesse scherzando sul fatto di essere un agente federale.

Esco dalla cucina. «Non posso restare.» Mi affretto a percorrere il corridoio e a raggiungere la porta d'ingresso. Non mi preoccupo di mettere in valigia nulla. Non c'è tempo.

Metto Bay sul sedile posteriore e le allaccio il seggiolino prima di salire sul sedile anteriore, sbattere la portiera e uscire. Per fortuna la guardia apre il cancello senza fare domande. Almeno non siamo prigionieri. Tiro un sospiro di sollievo, ma non mi sento per niente tranquilla o serena. Non posso tornare al lavoro. Luka sa dove vivo, dove lavoro. Sa tutto di me. Devo lasciare la città, allontanarmi da New York, e trovare un posto sicuro. È l'unica possibilità per mettere in salvo Bay e me.

# VENTI

*Luka*

Un forte bussare alla porta. «Entra» dico.

Madisyn fa capolino aprendo lentamente la porta del mio ufficio. Le faccio cenno di entrare e mi si rivolta lo stomaco al vedere la busta rossa di ieri sera, quella che Mark aveva lasciato per Hannah.

«Dove l'hai presa?» chiedo. Guardando meglio, noto il contenuto fuoriuscire, strappato, anche se non so cosa dicesse la lettera. Non l'ho mai letta.

«Me l'ha data Hannah. Voleva che partissi con lei.»

«Partire?»

Mi alzo di scatto dalla scrivania e sfioro Madisyn. «L'hai lasciata andare via?» mi dirigo verso lo studio dove Bay aveva giocato prima, nel pomeriggio.

«Non sono la sua custode» dice Madisyn, seguendomi nel corridoio. Incrocia le braccia sul petto quando lancio un'occhiata nello studio e vedo i giocattoli abbandonati, ma nessuna traccia di Hannah o Bay.

«Dov'è andata?»

«Avresti dovuto essere onesto con lei» dice Madisyn. «Prima o poi l'avrebbe scoperto. Cosa pensavi che sarebbe successo una volta scoperta la verità dal suo ex fidanzato?»

Sogghigno al suo suggerimento. «Non avrebbe dovuto dirglielo. È morto!»

Mikhail esce dal suo ufficio, sentendo il trambusto. «Che diavolo sta succedendo qui fuori?»

«Hannah è partita con Bay» riferisco. «Ha scoperto che siamo dei Bratva e se n'è andata con mia figlia.»

«Bay è anche figlia sua» interviene Madisyn. «Sta solo cercando di proteggerla. Tornerà.»

Guardo Madisyn. «Tu non conosci Hannah. Non tornerà.» Mi dirigo verso il garage e prendo un mazzo di chiavi.

«Dove stai andando?» chiede Mikhail. «A meno che tu non sappia dove sia diretta, non la troverai mai.»

È questo il punto. Non vuole essere trovata. Hannah non ha un cellulare che possa rintracciare e non ho mai messo un localizzatore GPS sul suo veicolo.

«Non posso semplicemente lasciarla andare via con mia figlia!» mi passo le dita tra i capelli. «Cosa mi suggerite di fare?»

«Possiamo entrare nei filmati di sorveglianza delle strade e seguire il suo veicolo ovunque vada» consiglia Mikhail. È calmo. Come se l'avesse già fatto prima e non fosse minimamente preoccupato.

Il sudore mi imperla la fronte. Ho lo stomaco in subbuglio e spero di non sentirmi male. Forse non dovrebbe importarmi, ma Bay è mia figlia e se Hannah vuole andarsene, Bay resta sotto la mia custodia.

«Siediti nel mio ufficio» dice Mikhail, e faccio come mi chiede.

Ho la pelle accapponata, la gamba che saltella, impaziente di fare qualcosa. Non sono un uomo che sta fermo ad aspettare. Tutto dentro di me soffre per la consapevolezza che se n'è andata e solo perché è arrabbiata con me. Come ho fatto a non prevederlo?

«Rimani seduto. Lascia che trovi Nikita» Mikhail e si affretta a uscire dall'ufficio, percorrendo il corridoio. Lascia la porta aperta.

Madisyn si affaccia alla porta. «Mi dispiace» dice, con le mani giunte. Le sue scuse sono sincere, ma non cancellano il dolore né alleviano quello che è successo. Rivedrò mai Hannah e Bay? Anche se le ritrovassi, come potrei sistemare le cose? Sono un Bratva. Fa parte di ciò che sono. Non posso semplicemente abbandonarla, anche se volessi andarmene.

Esalo un pesante sospiro e mi piego in avanti, con la testa tra le mani. Ho fatto una gran cazzata. «Proprio quando le cose stavano finalmente andando per il verso giusto» mormoro.

«Si può rimediare» mi consola Madisyn. Si appoggia allo stipite della porta e incrocia le braccia sul petto.

«Come?» la fulmino con lo sguardo.

«Spiegaglielo» dice Madisyn. È calma, ma lei sapeva fin dall'inizio che Mikhail era il capo della Bratva.

«Non credo che un mazzo di rose e delle scuse possano risolvere la situazione.»

«Cioccolatini» commenta Madisyn con un sorriso.

Non sorrido. «Non è divertente.» Come può scherzarci? Oh, giusto, non è la vita di suo figlio che è stata portata via. «È colpa tua.»

«Io? Cosa avrei fatto?» Madisyn scrolla le spalle e si allontana dall'ufficio, mettendosi di fronte a me.

«Sei amica di Hannah.»

«E...?» mi fissa. «Questo cosa c'entra? Non vi ho mica presentati io.»

Serro la mascella e la ignoro, mentre si aggira e invade il mio spazio personale. «State indietro» ringhio; ho bisogno di spazio e di essere lasciato in pace.

«Va bene allora» sbuffa Madisyn, andandosene a passo pesante come fosse una bambina arrabbiata.

Non c'è un modo semplice per sistemare quello che è successo. Non sono bravo a implorare. Di solito sono diretto, mi prendo quello che voglio, ma Hannah non tornerà tra le mie braccia dicendole semplicemente che la voglio nella mia vita.

Resto seduto in silenzio, mentre Mikhail non torna per un bel po', impegnato a rintracciare Anton e dandogli l'ordine di hackerare le telecamere del traffico. Non sapevo che fosse in grado di hackerare qualsiasi cosa, ma forse si sta solo rivolgendo al socio che si occupa di questo tipo di lavoro.

Il mio telefono suona per una notifica. Tiro fuori il cellulare dalla tasca della giacca, incerto su cosa aspettarmi. La maggior parte degli avvisi sul mio telefono sono silenziosi, come gli SMS e le e-mail. La notifica mi avvisa che c'è movimento nell'appartamento. L'appartamento di Hannah.

«Ma che diavolo...?» apro l'applicazione e mi si mostra una diretta di Hannah e Bay nel soggiorno dell'appartamento.

Per fortuna, il corpo di Mark è stato rimosso e le prove del nostro coinvolgimento sono state ripulite.

Accendo l'audio, assicurandomi di non attivare il microfono in modo che non possa sentirmi. «Cosa sta facendo?» dico tra me e me, guardandola rovistare nell'appartamento.

Abbiamo già preso un mucchio di vestiti e di giocattoli per Bay.

Hannah non sta mettendo nulla in valigia. È come se stesse cercando qualcosa.

Non posso restare a guardare, aspettando di vedere cosa succederà poi. Esco di corsa dall'ufficio di Mikhail, passandogli accanto nel corridoio. «È nel suo appartamento» corro verso il garage per prendere le chiavi della macchina.

«Cosa ci fa lì?» chiede Mikhail.

«Che diamine ne so, ma la prendo come una vittoria.» Devo solo arrivare lì prima che trovi quello che sta cercando e se ne vada.

Mi affretto ad attraversare la città, ignorando diversi semafori e stop per arrivare all'appartamento di Hannah prima che se ne vada.

Corro su per le scale, senza aspettare l'ascensore. Sono solo tre rampe. Una volta vicino alla porta, alzo la mano e busso con decisione. Scapperà?

Non porterà Bay giù per la scala antincendio e le finestre sono troppo alte per sgattaiolare fuori.

C'è movimento dalla parte opposta della porta, ma non viene ad aprire né a guardare chi sta bussando.

Provo la maniglia, ma è chiusa. Non dovrei sorprendermi, immagino, ma batto di nuovo sulla porta più forte. «Hannah, dobbiamo parlare.»

I suoi passi sono rumorosi, si avvicina alla porta, sblocca il chiavistello e la apre con uno strattone. «Cosa vuoi?»

«Posso entrare o vuoi che i tuoi vicini sentano tutto?»

Lo sguardo di Hannah si restringe, ma si fa da parte. Ha le labbra serrate e le braccia sul petto. «Bay, tesoro, vai in camera tua per qualche minuto.»

«Non voglio» piagnucola Bay, fissandomi. «La mamma è arrabbiata con te.»

Sì, piccola, dimmi qualcosa che non so già. Mi chino al livello di Bay. «Che ne dici di ascoltare la tua mamma?» le scompiglio i capelli e lei si libera dalla mia presa prima di correre in camera sua.

«Qualunque cosa tu sia venuto a dirmi, non voglio sentirla» dice Hannah. Mi volta le spalle e continua a frugare nel suo appartamento, aprendo cassetti e mettendo a soqquadro la casa.

«Cosa stai cercando?» ha forse dei contanti da parte o una seconda serie di carte e documenti da nascondermi?

«Lo stupido conto che dici che Mark ha alle Cayman» dice Hannah. «Se ti trovo le informazioni sul conto, lascerai Bay e me in pace?»

«Non mi interessa il denaro.»

Mikhail potrebbe non essere d'accordo con me, ma con Hannah non si tratta di soldi. Si tratta di mia figlia. Voglio Bay nella mia vita. Non se ne rende conto?

Mi guarda da sopra la spalla, mentre smonta la scrivania del computer. Ogni cassetto è sul pavimento. Sta cercando un doppio fondo, ma dubito che Mark nasconderebbe le prove nella sua scrivania. Sarebbe troppo ovvio, persino per lui. «Perché sei qui?» chiede Hannah.

«Non ho mai voluto che te ne andassi.»

«E la lettera?» mi volta di nuovo le spalle. Non vuole affrontarmi. Posso sentire la sua rabbia, forse anche il risentimento, per essersi fidata di me.

«Non l'ho mai aperta. Forse l'ho messa nella tasca del cappotto, ma non ho fatto altro.»

Ridacchia, all'idea che io sia innocente in tutto questo. «L'hai presa dal mio appartamento e non me l'hai detto.»

Non è una domanda, ma un'accusa.

«Avrei dovuto dirtelo» evitando di trovare scuse.

«Avevi intenzione di darla a me?» chiede Hannah, girandosi per guardarmi in faccia.

La busta è nella mia tasca, il suo contenuto; estraggo lentamente la lettera e la busta dalla giacca. È aperta, stropicciata, ma ancora leggibile. «Non c'era nessuna cattiva intenzione, *Zaya*.»

«Non chiamarmi così!»

Mi strappa la lettera di mano. «Questa non ti appartiene.»

Ha ragione, la lettera era destinata a lei e, anche se l'ho presa per proteggerla, capisco che lei non la veda in questo modo.

Le scuse non serviranno a nulla e io non il tipo d'uomo che implora perdono. «Puoi odiarmi quanto vuoi, ma ho il diritto di vedere mia figlia.»

Scuote la testa, le guance rosse. È infuocata e sta per esplodere come un vulcano. Dovrei fare un passo indietro, ritirarmi, trovare un terreno comune e rimandare questo scontro a un altro giorno. Ma non sono uno che si tira indietro o che si sottrae alle situazioni difficili. Le affronto quotidianamente, anche se di solito, non riguardano direttamente la mia famiglia.

«Non ne hai il diritto, Luka!» mi urla contro Hannah.

Mi avvicino, colmando il divario tra noi, rompendo la distanza, stagliandomi su di lei. Un uomo intelligente saprebbe lasciarle spazio, ma io sono più interessato al fuoco nel suo sguardo. Si spezzerà e quando lo farà, sarò io a raccogliere i cocci, anche se questo significasse abbatterla per primo.

«Sono suo padre. Il tribunale dirà il contrario.»

Socchiude la bocca, basita, e mi spinge passandomi accanto, dirigendosi in cucina.

«Avanti, portami in tribunale. Mostrerò loro le prove che sei coinvolto nel crimine organizzato. Non vedrai mai più Bay.»

«Stai bluffando. Non hai niente.» La seguo in cucina e la spingo contro il bancone. «Se ce l'avessi, non credi che i federali o la polizia avrebbero già bussato alla mia porta? È per questo che sei tornata qui? Per cercare qualche sporca prova su di me?»

Hannah prende un respiro affannoso e rabbrividisce.

La stanza non è fredda, se non per il suo sguardo gelido che mi fissa con un ghigno. «Ti odio»

«Dimmi, cosa ho fatto per meritarmi questa tua avversione verso di me?» inclino leggermente la testa, fissandola.

La sua schiena è appoggiata all'isola della cucina. Mi passa davanti con lo sguardo, la sua lingua scivola fuori, sfiorando il bordo delle labbra.

«*Zaya*?» aspetto la sua risposta. Forse dovrei ricordarle tutto quello che ho fatto per lei, aiutandola e proteggendo lei e la nostra bambina.

«Ti ho offerto un rifugio, una casa, la salvezza da un uomo che ti ha imprigionata.»

Apre le labbra e le sfugge un pesante sospiro. «È dura.»

«Mi sbaglio?»

Hannah non riesce a reggere il mio sguardo, lo evita. Sa che ho ragione. Mi avvicino e le appoggio il pollice sotto il mento, guidando il suo sguardo verso di me. «Ti ha picchiata, ti ha spezzata, e credi davvero che sia io il mostro, in tutto questo?»

«Sei un criminale» dice Hannah. Vedo un barlume di paura dietro i suoi occhi blu. Ha paura di me. Che cosa ho fatto per meritarmi la sua paura e il suo disgusto? Non parlerò dei miei crimini, certamente non sotto il suo tetto. Le telecamere sono ancora funzionanti e accese. Chiunque potrebbe intercettare il segnale, compresa l'FBI.

Anche se non l'ho vista correre da loro, non posso essere certo che non ci stiano guardando. Madisyn ha legami con l'FBI e se lei può essersi lasciata alle spalle quella vita, chi può dire che loro si siano lasciati alle spalle noi?

«Mi temi per le ragioni sbagliate» dico.

Sbuffa pesantemente, la sua fronte si irrigidisce. Hannah mordicchia il labbro inferiore, un'abitudine nervosa che le capita troppo spesso. Negli ultimi tempi, la sua frustrazione era rivolta a Mark, cosa che potevo sopportare, ma il fatto che Hannah mi disprezzi è qualcosa di completamente nuovo, e non mi piace.

«Davvero? Per i motivi sbagliati? Dimmi che Mark ha torto e che tu non sei un Bratva.»

Non le mentirò. Hannah merita la verità. Il silenzio è la mia ammissione di colpa. Lascio cadere la mano dalla sua guancia. Il suo sguardo acceso è sufficiente a farmi rivoltare lo stomaco. Non ho bisogno di costringerla a guardarmi.

«Hai ucciso anche Mark?»

«Non ho avuto bisogno di ucciderlo. È morto in salotto.» È la verità. Forse non ho aiutato a rianimarlo, ma questo non è un crimine. Quell'uomo meritava di morire e sono stato fortunato che sia successo prima che potesse fare ancora del male a Hannah.

«Non ti credo» continua lei.

Dovrei fare un passo indietro e lasciarle un po' di spazio, ma non lo faccio. Almeno con il suo corpo intrappolato contro l'isola, so che non andrà da nessuna parte. Non può scappare finché la tengo in pugno. E non mi respinge.

«Posso provartelo» le dico.

È un azzardo rivelare i filmati di sorveglianza. Eravamo andati all'appartamento per maltrattare Mark. Ma l'nfarto non è dipeso da noi. Non l'ho ucciso io.

I suoi occhi tremolano. «Come?» mi guarda. Le sue spalle sono dritte e in sù. La sua postura è un tentativo di farla sembrare più dura e audace, non minimamente fragile.

«Dopo che hai accettato di trasferirti da me, abbiamo messo l'appartamento sotto sorveglianza. Volevamo assicurarci che Mark facesse i bagagli e se ne andasse.»

«C'è un video del mio appartamento?» le sue mani mi raggiungono il petto e mi spinge indietro, allontanandosi dal bancone mentre corre alla ricerca delle telecamere.

È impossibile notarle. Apparecchiature di alta tecnologia e di alto livello che le agenzie governative usano in tutto il mondo. Non sono costate poco, ma non c'è prezzo troppo alto per la sicurezza della mia famiglia.

Recupero il cellulare dalla tasca e apro l'applicazione. Sinceramente, non sono sicuro che mostrarle il filmato sia nel mio interesse. Non sapeva che fossi nel suo appartamento quando Mark ha avuto un infarto, ma il fatto che pensi che io sia la causa della sua morte perché l'ho ucciso, è un'idea che deve essere eliminata del tutto.

Salto la parte in cui entro e spingo una pistola contro la testa di Mark facendogli sanguinare il naso. Non ha bisogno di assistere alla violenza. Premo play e le passo il telefono.

Sussulta, guarda in direzione di una delle telecamere per poi tornare al telefono mentre si svolge la scena.

Faccio un timido passo indietro.

«Mamma?» Bay fa capolino dalla camera da letto.

«Torna in camera tua, Bay!» Hannah rimprovera la figlia, indicando la direzione della camera della bambina.

Bay non si muove. È in piedi, con la sua salopette e le trecce. Non porta le scarpe né i calzini. Bay deve averli tolti mentre era in camera da letto.

«È noioso» dice, camminando verso di me con un sorriso enorme. «Voglio i miei giocattoli.»

Hannah mette in pausa il video mentre Bay si avvicina, per assicurarsi che non assista allo stesso evento che sta guardando sullo schermo.

Mi chino all'altezza di Bay e le faccio il solletico.

«Papà!» grida e si dimena tra le mie braccia.

Avvolgo le braccia intorno alla piccola tigre, abbracciandola.

Hannah spegne lo schermo del mio telefono, ha visto abbastanza. Mi restituisce il cellulare. Non sono sicuro che il video l'abbia convinta che non sono la persona malvagia che crede.

«Bay, vieni qui» dice Hannah.

«No!» grida la piccola.

Bay mi avvolge le braccia intorno al collo, lancio un'occhiata a Hannah. «Dovresti ascoltare tua madre.» Sebbene non voglia lasciare andare Bay, non ho nemmeno intenzione di rapire mia figlia.

Mi districo Bay dal collo, Hannah fa un passo avanti, prendendo Bay da terra e sollevandola. «Voglio che le telecamere vengano rimosse.»

«Le farò rimuovere dagli uomini che le hanno installate» dico.

«E voglio che mi venga restituito tutto ciò che è in vostro possesso, visto che non c'è più motivo per cui Bay e io dobbiamo risiedere da voi.»

Infilo il cellulare nella tasca della giacca. «Solo perché Mark se n'è andato, non sei obbligata a lasciare il complesso.»

«Complesso?» ripete Hannah. «Wow. E io che pensavo che fosse solo una bella casa di proprietà di Mikhail. Per questo ci vivi a tempo pieno, per proteggere i suoi beni e la sua proprietà.»

Ignoro la sua osservazione. È arrabbiata perché ho tenuto segreto quello che faccio, ma come avrei potuto dirglielo senza mettere a rischio la sua sicurezza? Non si rende conto che tutto ciò che ho sempre voluto è tenerla al sicuro?

«Dovresti andare» mi suggerisce Hannah.

Non voglio prolungare il mio soggiorno. Non che sia stato veramente invitato a casa sua. «Non pensare che non lotterò per la custodia di mia figlia.»

I suoi occhi si abbassano. «Luka, ti prego.» La sua voce si incrina, noto la sua determinazione spezzarsi. Se le porterò via Bay, non mi perdonerà mai.

«Non puoi chiedermi di andarmene e di non vedere mia figlia.»

Hannah si dirige verso la porta, indicando che è ora che me ne vada.

«Non avremo questa conversazione» dice Hannah.

«Bene. Se non lo farai adesso, coinvolgeremo gli avvocati e il tribunale.»

«Ti prego, non farlo» sussurra.

Apro la porta. Non sono pronto ad andarmene e non mi fido che non se ne vada o non scappi. Se teme che io mi batta per l'affidamento, ha un motivo per sparire con mia figlia. Anche se le telecamere sono già all'interno dell'appartamento, ciò non mi aiuta a rintracciare Hannah o a localizzarla quando mette piede fuori.

Posso chiedere che una delle nostre guardie sorvegli l'appartamento e segua Hannah quando esce, ma per quanto tempo?

«Forse non ci crederai, ma mi sono già innamorato perdutamente di Bay. Non puoi tenermela lontana.»

Hannah chiude dolcemente la porta, lasciandoci parlare. Mette Bay a terra mentre la bambina si dimena e si agita per liberarsi

La piccola tigre sbatte contro le mie gambe, facendomi praticamente cadere, e ridacchia prima di decidere che sia una buona idea arrampicarsi su di me come su un albero.

Le spalle di Hannah si abbassano. «Non voglio che questa diventi una battaglia per la custodia, Luka.»

«Nemmeno io. Non sto lottando contro di te per la custodia completa. Non voglio nemmeno che sia una battaglia» chiarisco. «Torna a casa con me, cerchiamo di risolvere qualsiasi cosa stia accadendo e di capire il nostro rapporto, insieme.»

Incrocia le braccia sul petto. «A parte il fatto che mi hai mentito, è sicuro per noi vivere con te?»

Sarà un milione di volte più al sicuro vivendo con me sotto il tetto di Mikhail, con guardie armate e un ex agente dell'FBI che vive in loco, rispetto che in un appartamento dall'altra parte della città che potrebbe essere facilmente scassinato.

«Le nostre guardie sono addestrate a tenere al sicuro tutti coloro che si trovano all'interno della struttura. Madisyn era un'agente dell'FBI. Pensi che vivrebbe con Mikhail e porterebbe un bambino in casa se non fosse sicuro?»

Hannah è silenziosa, rimugina sulle mie parole e guarda in direzione del corridoio. «Davvero non hai fatto del male a Mark?» chiede. «Perché tu eri lì, hai visto cosa è successo.»

Non deve aver guardato il filmato nella sua interezza. Di certo non le ho mostrato il video del nostro ingresso nell'appartamento.

«Abbiamo chiamato i paramedici» dico. È la verità e se avesse guardato il filmato avrebbe visto che alla fine avevamo davvero chiamato i soccorsi. Forse non è stato quando Mark è crollato a terra, ma abbiamo chiamato un'ambulanza. «Vieni a casa, Hannah, lascia che ti mostri l'uomo che sono.»

«Oltre che un mostro?»

«Non ho mai affermato di essere qualcosa che non sono. Sei venuta da me per avere aiuto con Mark.»

Abbassa lo sguardo a terra. «Stavo correndo da Madisyn. Non sapevo che tu fossi lì.»

«Ti ho mai fatto del male?» le chiedo, fissandola con lo sguardo.

«No, ma ti conosco appena.»

Non è colpa mia. Non può incolparmi per non avermi incontrato prima. «Cosa vuoi sapere?» chiedo.

«Hai mai ucciso una persona?»

Perché deve iniziare con le domande difficili?

«Ho partecipato a una guerra, *Zaya*. Che sia con la Bratva o per il mio paese, gli uomini muoiono. Non sono orgoglioso delle atrocità che sono stato costretto a compiere, ma non posso nemmeno cancellare il mio passato.»

Che sia abbastanza da soddisfare la sua curiosità?

«Sei pericoloso» sussurra, fissandomi.

Teme ciò che non conosce, non chi sono veramente. «Vieni a casa, lascia che ti mostri chi sono. Non mettermi in bocca parole su chi pensi che io sia perché è quello che hai letto o visto nei film. Ti ho mai fatto del male fisico? Ti ho mai toccata con un dito?»

Hannah tace, realizzando che non sono la bestia che pensava.

«Mark era un mostro più di me, non perché ci fregava i soldi, ma per quello che ti ha fatto. I lividi possono andare via, ma Mark ha lasciato delle cicatrici che hanno bisogno di tempo per guarire.»

Bay mi spinge le guance come un pesce, schiacciandomi la faccia e ridacchiando. La piccola sembra non accorgersi della tensione che c'è tra noi, o forse sta cercando di migliorare le cose. Se fosse la seconda ipotesi, complimenti.

Un silenzio pesante ci avvolge. Hannah deve sapere che ho ragione, che tutto ciò che ho voluto è stato proteggere lei e mia figlia.

«Non mentirmi mai più» conclude Hannah.

# VENTUNO

*Hannah*

Luka è pronto per tornare a casa. «Puoi andare. Ci vediamo al complesso» dico.

Mi lancia un'occhiata che ignoro. Sto ancora cercando i documenti del conto che Mark deve aver lasciato da qualche parte.

«Non succederà» dice Luka.

Il mio piano originale era di offrire il conto con i soldi a Mikhail e ai suoi uomini. In cambio, avrebbero lasciato Bay e me in pace. Ma non sembra più possibile. Luka è determinato a tenere Bay nella sua vita, e capisco il suo punto di vista. È già innamorata di lui ed è il suo padre biologico. È quello che ho sempre voluto, il suo coinvolgimento nella sua vita, nella nostra vita. Ma il suo coinvolgimento nella criminalità organizzata non placa i miei nervi e la mia ansia. Come posso fare finta di niente? E la sicurezza di mia figlia? Non potrei mai vivere bene con me stessa se le succedesse qualcosa.

«Allora dammi una mano» dico.

«Che cosa stiamo cercando esattamente?» chiede e sistema Bay sul divano. La bambina scende e si attacca alle sue gambe. Sono inseparabili, e sono passati solo pochi giorni.

«Papà.» Bay si aggrappa alle sue gambe e lui la solleva in aria, capovolgendola prima di rimetterla sul divano.

«Ancora.»

«Ancora?» chiede Luka, dedicando a Bay tutta la sua attenzione. Sorride, con gli occhi lucidi, ed è sincero e genuino. Senza dubbio, ama mia figlia, sua figlia.

È come se Bay si fosse resa conto di ciò che si è persa e stesse recuperando, rubando la sua attenzione ogni secondo che le capita. È troppo piccola per capire perché lui non c'è, e andarsene la ferirebbe inevitabilmente. Non voglio questo per Bay e, mi fa male ammetterlo, ma non voglio nemmeno che Luka esca dalla nostra vita. Ho solo bisogno di stabilità. Non posso guardarmi costantemente alle spalle, preoccupata del pericolo che potremmo correre perché ci sono uomini che lo vogliono morto.

Spero di sbagliarmi e che non siano altro che le mie paure e insicurezze a ostacolare ciò che potrebbe essere.

«Hannah?»

«Oh, giusto.» Ho già setacciato la scrivania, il tavolino e la console della televisione. Anche i cassetti delle camere da letto erano vuoti. «Se Mark ha rubato dei soldi a Mikhail e ha un conto all'estero, non ci dovrebbero essere dei documenti?»

Luka solleva Bay in aria, la fa girare di nuovo prima di lasciarla cadere con grazia sul morbido divano. «Potrebbe anche essere su un portatile, una chiavetta o un server cloud. Non c'è motivo per cui avrebbe dovuto stampare i documenti, a meno che non avesse pianificato di volerne delle copie perché sarebbe fuggito dal Paese.»

«Ha detto che ci saremmo trasferiti per via del suo lavoro.» Mi pizzico il ponte del naso. La testa mi pulsa e mi servirebbe una dose massiccia di caffeina per scongiurare l'emicrania in arrivo.

«Forse ha stampato i documenti. Dove tiene il passaporto?» chiede Luka.

«Nel primo cassetto della sua scrivania, ma i passaporti e i documenti non c'erano. Anche i miei sono spariti» rispondo.

La sua mascella si serra, è scontroso come sembra.

«Cosa c'è?» chiedo. Mi si stringe lo stomaco. Che cosa sa?

«Potrebbe non essere nulla. Chiamo Mikhail e faccio controllare a uno dei suoi uomini l'ufficio dove lavorava Mark.»

«Perché?»

«Forse siete state irremovibili nel non voler lasciare il paese, ma sospetto che Mark abbia pianificato di fuggire e di portare voi due con sé.»

Ho finito di perlustrare l'appartamento, se Luka non pensa che ciò di cui ha bisogno si trovi in questo posto. Mi butto sul divano. «Perché portare i documenti in ufficio? A che scopo?»

«Forse gli servivano per prenotare i biglietti aerei per lasciare il paese. Certo, avrebbe potuto scattare una fotografia con il suo telefono per salvarsi le informazioni, ma nessuno definirebbe Mark un tipo intelligente.»

Luka mette Bay sul divano accanto a me e lei mi sale in braccio. La bimba ha una quantità infinita di energia. Almeno quando sono al lavoro, lei è all'asilo e socializza con altri bambini della sua età.

«Che ne dite di andare a casa?» dice Luka.

Sebbene non mi sia mai sentita a casa, da lui, il freddo appartamento mi riporta alla mente le minacce di Mark e la sua recente morte sul pavimento del soggiorno.

E se prima l'avevo solo immaginato, un'occhiata al video è sufficiente a farmi venire gli incubi. Non posso vivere qui.

«Ok» dico e sollevo Bay, lanciando un'occhiata ai suoi piedini nudi. «Dove sono le scarpe e i calzini, signorina?»

«Sono una tigre» dice Bay, mostrandomi il suo ruggito e il suo gesto della mano più enorme per dimostrare la sua forza.

«Gliel'hai insegnato tu?» ridacchio, lanciando un'occhiata a Luka che mi segue in camera da letto e prende le scarpe e i calzini dal pavimento.

«Forse... potrei averle affibbiato il soprannome di tigre.»

«E per quanto riguarda me? Cosa significa *Zaya*?» chiedo. Sono sicura che sia un termine affettuoso. Solo che non ho capito bene cosa significhi.

Luka sorride, con gli occhi lucidi e scintillanti di allegria. «Non posso svelare tutti i miei segreti.»

# VENTIDUE

*Hannah*

*Alcuni mesi dopo...*

«Oh cazzo!» la voce di Madisyn si diffonde nel corridoio del centro medico della dottoressa Steele.

Mi affretto a girare l'angolo e, prima di poterle chiedere cosa c'è che non va, mi rendo conto che è in travaglio. Il pavimento ai suoi piedi è lucido e bagnato. Le si sono rotte le acque.

«Devi chiamare Mikhail» ordina Madisyn, tra una contrazione e l'altra. Non ho il numero di telefono di

Mikhail sul mio cellulare e non mi sembra nemmeno il momento adatto per chiederglielo.

Si concentra sulla respirazione, mentre la porto di sotto in sala parto. Il reparto di chirurgia non è un posto adatto a una donna per partorire, e io sarò anche un'infermiera, ma non ho intenzione di far uscire il neonato di Madisyn.

Ho memorizzato il numero di telefono di Luka e risponde alla chiamata non appena metto piede in ascensore.

«Pronto?»

«Mikhail è con te?»

«Sì» dice Luka. «Perché? Cosa c'è che non va?» il suo saluto allegro si è trasformato in preoccupazione.

«Niente» dico, non volendo farlo preoccupare.

«Non è niente!» grida Madisyn, aggrappandosi alla parete dell'ascensore, mentre il segnale del telefono comincia a calare.

Tiro indietro il telefono per vedere se ho perso la chiamata. Non ancora, ma è difficile sentire qualcosa. Non appena arriviamo al piano terra e le doppie porte si aprono, Luka è di nuovo in linea.

«Madisyn è in travaglio» dico.

«L'ho capito dalle sue urla» dice Luka. «Stiamo andando all'ospedale. Resta con lei finché non arriviamo.»

*Dove altro potrei andare?*

«Puoi passare a prendere Bay all'asilo?» chiedo.

«Dopo aver accompagnato Mikhail all'ospedale» dice Luka. «Siamo già in macchina e siamo a metà strada.»

Non mi preoccupo di chiedere cosa stessero facendo; so che è meglio non discutere dei loro affari. Non voglio saperlo. È l'accordo che abbiamo fatto. Avrebbe tenuto per sé le sue responsabilità commerciali, per proteggere Bay e me. Anche se giura che mi preoccupo troppo. E potrebbe anche avere ragione.

Madisyn viene portata via da un'infermiera e io la seguo lungo il corridoio, rifiutandomi di lasciarla. «Vuoi parlare con Mikhail?» le chiedo, lasciandole la sua privacy mentre è dietro una tenda con l'infermiera, che la aiuta a cambiarsi con un camice da ospedale.

«Non viene?» la sua voce si alza di un'ottava e l'infermiera apre la tenda; Madysin indossa il camice da ospedale e i suoi vestiti sono in mezzo al pavimento.

«Sta arrivando.»

«Beh, digli di sbrigarsi!» un'altra contrazione la fa gemere e piegare per l'agonia.

«È meglio che arriviate qui, prima che lo faccia il bambino» dico.

«Sì, capo» scherza Luka prima di chiudere la telefonata.

L'infermiera controlla i parametri vitali di Madisyn. Le concedo qualche minuto, mentre raccolgo i suoi vestiti sporchi dal pavimento, li metto in un sacchetto di plastica e do un'occhiata al corridoio. Non c'è ancora traccia di Mikhail.

«È qui?» chiede Madisyn, guardandomi dal letto.

«Arriverà» dico, rassicurandola che andrà tutto bene. Mikhail non si perderà la nascita del suo primo figlio, qualunque cosa accada.

Non oso ammettere di essere gelosa del fatto che Luka non fosse presente alla nascita di Bay. Non è minimamente colpa sua o mia. Avevo cercato di rintracciarlo, ma era un uomo difficile da trovare. E ora non vorrei essere in nessun altro posto se non con lui.

Dalla morte di Mark abbiamo preso le cose con calma, il che è meglio. Buttarsi a capofitto in una relazione può essere stato bello all'inizio, ma entrambi abbiamo Bay a cui pensare. Inoltre, poiché non sappiamo quasi nulla l'uno dell'altro, è difficile che non si tratti di sola attrazione.

E l'attrazione non è duratura. Con Luka, voglio di più. Per sempre.

«Sono qui!» Mikhail corre nella stanza e mi passa accanto, facendomi un cenno. «Grazie» sussurra, precipitandosi al fianco di Madisyn, prendendole la mano.

Non voglio intromettermi. Mi avvicino silenziosamente al corridoio. Sono vicina alla porta, se Madisyn avesse bisogno di qualcosa, ma ha Mikhail, le infermiere e il dottore. Le lascio spazio, privacy e tempo per il loro legame. Presto saranno tre e le loro vite cambieranno per sempre.

———

«Mi sono persa la nascita?» chiede Bay mentre Luka la porta in braccio lungo il corridoio. Sta coccolando un orsacchiotto di peluche preso al negozio di souvenir, con l'etichetta ancora attaccata all'orecchio.

Ho la sensazione che abbiano preso il regalo per il nuovo bambino, ma se andrà come penso, Bay non vorrà separarsene.

«Fidati, non avresti voluto vederlo» scherzo, sorridendo a Luka e Bay. «Grazie.» Apprezzo il fatto che abbia trovato il tempo di andarla a prendere, raddoppiando il percorso dato che stava già andando al centro medico con Mikhail.

«Ma figurati. Come sta?» chiede Luka.

«Madisyn o la bambina?» replico.

Luka fa un sorriso sincero. «Wow. Mikhail deve essere sorpreso. Aveva giurato che sarebbe stato un maschio. Avrei dovuto accettare la scommessa.»

«Ma tu sei un brav'uomo» dico, alzandomi in punta di piedi e baciandolo. «Vuoi davvero far arrabbiare il tuo capo?»

«Ottima osservazione.»

«Mamma!» Bay tende le braccia, cercando di scendere da Luka mentre si arrampica su di me come una scimmietta.

«Com'è andata all'asilo? Ti sei divertita?» le chiedo.

«Posso avere una sorellina?» replica in rimando Bay.

«È un'ottima domanda» dice Luka, con un sorriso ironico sul volto.

«Sei stato tu a costringere Bay a farmela?»

Luka alza le mani in segno di resa. «Mi appello al quinto emendamento.»

# EPILOGO

*Luka*

*Sei settimane dopo...*

«Sei sicura di volere il mio aiuto?» chiede Madisyn, mentre fissiamo gli anelli di diamanti dietro il bancone della gioielleria. È il quinto negozio in cui entriamo oggi pomeriggio.

Guarda il suo telefono, distratta.

«Hannah e Mikhail possono occuparsi di Kira.» Non è una sorpresa che sia preoccupata. È la prima volta che lascia la bambina e va in giro da sola. Anche se, tecnicamente, non è sola. Mi sta aiutando a comprare un anello di fidanzamento.

«Non ho mai lasciato Kira da sola.»

«Pensi che Mikhail non sia in grado di gestire la piccola?» chiedo.

«No, è abbastanza capace. È solo che mi manca di già.»

«Bene, allora aiutami a scegliere un anello di fidanzamento e possiamo andare a casa.»

Ride. «Potrebbe volerci una vita, alla velocità con cui stiamo andando. Hannah sa che stiamo comprando l'anello?»

Faccio una pausa quando vedo l'anello perfetto e chiedo alla commessa della gioielleria di recuperarlo da dietro il vetro.

«Non sa nemmeno che ho intenzione di chiederle di sposarmi.»

«Dettagli!» si sbraccia Madisyn. «Sto ancora aspettando che Mikhail mi faccia la proposta, ma non è passato così tanto tempo. Voi due state insieme solo da pochi mesi. Non credi che sia troppo presto?» Guarda l'anello di fidanzamento mentre il gioielliere lo estrae dall'astuccio.

«Smettila di cercare di farmi venire i brividi. Amo Hannah e voglio passare il resto della mia vita con lei e Bay. Inoltre, stiamo cercando di avere un altro bambino e, prima che nasca, voglio renderlo ufficiale.»

Hannah sarà anche stata fidanzata una volta, con Mark, ma aveva intenzione di sposarlo per stabilità, non per amore. Non ho queste riserve sulla nostra relazione. Mi ha detto chiaramente che mi ama sia dentro che fuori dalla camera da letto.

Non ho il problema di Mark, l'incapacità di farle urlare il mio nome in estasi. No, è proprio il contrario. È una lotta per farla tacere quando la porto al limite, per non svegliare l'intero complesso.

«Come farai la proposta?» chiede Madisyn.

Esamino l'anello. Starà benissimo sulla mano di Hannah. È d'oro bianco e bellissimo, con un grande diamante al centro e diamanti più piccoli intorno alla fascia. Costa più di quanto voglia ammettere, ma lei vale ogni centesimo.

«Non sono arrivato a tanto» dico. «Pensi che preferisca un gesto eclatante o qualcosa di piccolo e privato?»

«Hannah sembra più il tipo di ragazza da proposta piccola e privata, ma preferisco il grande gesto se Mikhail te lo dovesse mai chiedere.»

«Mi assicurerò di farglielo sapere.» Rido e alzo gli occhi al cielo. Ispeziono di nuovo, accuratamente, l'anello, assicurandomi che sia impeccabile. «Lo prendo.»

———

Grazie per aver letto Boss Diabolico. Spero che la storia di Luka e Hannah vi sia piaciuta. Continuate l'avventura con Nikita e Lucy in *Boss Possessivo*.

## Lucy Quinn

*Ho preso alcune decisioni sbagliate nella mia vita. In cima alla lista, il tentativo di rapinare la Bratva russa. Non sapevo chi stessi derubando o in cosa mi stessi ficcando finché non è stato troppo tardi.*

*Le guardie armate all'ingresso avrebbero dovuto indicarmi di andarmene. Ma ora non posso più farlo. Sono in mezzo ai Bratva, costretta a lavorare per loro, sotto la guida di Nikita Krylova.*

. . .

### Nikita Krylova

*La piccola sputafuoco pensava di potermi derubare, di derubarci come fossimo ciechi e di non essere punita.*

*Per mia fortuna, il Pakhan, Mikhail Barinov, mi ha lasciato scegliere come gestire il nostro piccolo problema di un metro e sessanta, con i capelli scuri e gli occhi verdi.*

*È esuberante, insolente e sfacciata.*

*Io sono l'uomo giusto per domarla. Spezzarla. E farla mia.*


*Boss Possessivo* è il terzo libro della serie *Bratva Brothers*. Può essere letto come libro a sé stante e non contiene tradimenti né cliffhanger, ma uno splendido lieto fine.

## L'AUTORE

Willow Fox ama la scrittura da quando ancora andava al liceo (molte ere fa). I suoi romanzi ambientati in provincia, riflettono la vita delle piccole città dell'America rurale.

Che stia scrivendo romanzi romantici o seduta all'aperto accanto al fuoco a leggere un buon libro, Willow adora le pagine colme di parole di scritte.

Sogna il colpo di fulmine e spera di riuscire a farlo scattare nei suoi lettori!

Visita il suo sito web:

https://authorwillowfox.com

## ALTRO DA WILLOW FOX

Eagle Tactical Series

Svelato: Jaxson

Invisibile: Mason

Nascosto: Lincoln

Infiltrato: Jayden

Matrimoni Di Mafia

Voto Segreto

Voto Prigioniero

Voto Selvaggio

Voto Non Voluto

Voto Spietato

Fratelli Bratva

Boss Brutale

Boss Diabolico

Boss Possessivo